Frissons nocturnes

Tome 3 : Retrouvailles

Bleue

FRISSONS NOCTURNES

Tome 3 :

RETROUVAILLES

Bleue

www.soromance.com

I.
Une semaine de vacances

Prologue : Retrouvailles

La joyeuse bande de cousins s'était retrouvée pour la… dixième fois au moins. On ne les comptait plus, en fait, les vacances qu'ils avaient déjà passées tous ensemble. Ils étaient au nombre de 6 : Alice et Clarisse, un peu plus de 21 ans et 19 ans, les jumeaux Myrtille et Marin de 15 ans et les deux derniers, Aloÿs et Apolline, 16 et 14 ans. Chaque été depuis une quinzaine d'années, les grands-parents invitaient enfants et petits-enfants dans leur « grande maison » en Ardèche, et ceux-ci débarquaient à tour de rôle. Parfois, deux familles occupaient l'habitation – elle était assez vaste pour accueillir dix personnes –, et quand on dépassait le nombre, il suffisait, au choix, de monter une tente dans le jardin ou d'ajouter matelas pneumatiques ou lits de camp dans une des chambres les plus grandes.

Cette année, Papou et Mamou avaient proposé à un couple de les rejoindre. Les invités étaient à peu près de l'âge de leurs enfants. Leurs « amis » avaient deux fils de l'âge d'Aloÿs et d'Apolline. Mamou était la marraine du plus âgé, Austin. Cette histoire de filleul était un peu mystérieuse. Qu'est-ce qui reliait cette famille à la leur ? Seuls les grands-parents et le couple en question le savaient.

Quand Adam et Mary atterrirent à Lyon-Saint-Exupéry avec leurs fils, Austin et Duncan, il leur restait encore pratiquement deux heures de voiture à faire pour rejoindre la « grande maison ». Il avait été convenu avec Papou qu'il viendrait les chercher à l'aéroport.

Les invités vivaient dans la banlieue de Londres depuis longtemps. Ils avaient déménagé une dizaine d'années plus tôt pour le travail d'Adam. Les enfants avaient peu de souvenirs de leur vie en Belgique. Nous apprendrons plus tard comment les choses avaient commencé, mais pour le moment, l'important était de récupérer les voyageurs et de les mener à bon port.

Quand Papou les aperçut, il fut frappé par la ressemblance d'Austin avec son père. Il reconnaissait les yeux clairs, vert écume, et l'allure de chat un peu effarouché qui caractérisaient Adam quand il avait une vingtaine d'années. Duncan, quant à lui, était le portrait craché de sa maman : menu, avec des cheveux châtains et de minuscules taches de rousseur. Ils étaient très différents, et si on n'avait pas connu leurs parents, il aurait été impossible de les prendre pour des frères…

Les retrouvailles entre les deux hommes furent chaleureuses. De tempérament assez introverti l'un comme l'autre, ils s'étreignirent tout de même quelques secondes. Comme les années avaient passé depuis le temps où ils s'étaient rencontrés. Papou salua Mary et les garçons. Il jetait des coups d'œil fréquents à Austin tant il était troublé par les similitudes physiques entre l'adolescent et son père pratiquement au même âge. Il se demandait comme allait réagir Mamou : ce serait sûrement quelque chose d'émouvant et de très fort.

Avec l'aide d'Adam, il mit les valises dans le coffre de la voiture. Il fit ensuite entrer ce beau monde dans le véhicule et s'installa derrière le volant. Deux heures, et ils auraient rejoint la « grande maison ».

Pour le moment, c'était la famille d'Elisabeth et d'Alexandre qui occupait la bâtisse avec les grands-parents.

Elisabeth et son mari étaient ceux qui connaissaient le mieux Adam. Il y avait pas mal d'années, Adam et Alexandre avaient fréquenté la même école et leur profession les avait mis en présence à plusieurs reprises. Elisabeth se souvenait très bien d'Adam : elle était encore ado et lui pas vraiment encore un homme, même s'il avait une vingtaine d'années quand ils avaient fait connaissance. Mais bon, tout cela datait.

Mamou, Elisabeth et Alexandre sortirent de la maison pour accueillir les invités. Papou avait donné un petit coup de klaxon pour signaler leur arrivée. Il faisait beau. Quand Adam sortit de la voiture, il chercha immédiatement son hôtesse des yeux. Il la retrouvait, pratiquement telle qu'elle était dans son souvenir. Peut-être les rides un peu plus profondes, la silhouette un peu moins fine mais… les yeux toujours aussi brillants de cette fièvre un peu audacieuse. Lui n'avait pas beaucoup changé non plus : il ne s'était pas épaissi, avait toujours ces petits cheveux châtain clair fous, cette démarche de chat. Ils se regardèrent sans oser vraiment laisser parler leurs yeux ou leur corps. Qui aurait pu deviner que la vie les avait déjà rapprochés de manière très intime ? Et pourtant… Elisabeth eut un petit sourire en contemplant le visage de sa maman et celui d'Adam. Elle était heureuse qu'ils se retrouvent.

Mamou et Mary tombèrent dans les bras l'une de l'autre.

— Comment s'est passé le voyage ?

— On ne peut mieux, répondit la jeune femme avec un petit accent britannique. Les garçons se sont mieux tenus que ce que nous avions imaginé !

Elles ne se connaissaient pas bien, mais quelque chose d'étrange les liait. Mamou proposa à l'épouse d'Adam de visiter la « grande maison » et demanda à Alexandre d'installer leurs bagages dans la chambre qui était réservée au couple. Celle-ci se trouvait au premier étage, exposée plein est. C'était parfait. Le soleil la baignerait dès le matin, et le soir, elle serait plus fraîche. Elle était peinte en vert amande. Les rideaux étaient de la même couleur, de même que le linge de lit. Il y avait une petite salle de bain avec douche et toilettes. Austin et Duncan les accompagnaient. Ils avaient hâte de savoir où ils seraient logés.

— Dans l'aile des ados. On préfère leur réserver un couloir. Comme ça, s'ils veulent changer de chambre ou veiller plus tard et faire… un peu de bruit, cela ne nous empêchera pas de dormir !

Les ados se regardèrent en souriant. Elle était chouette, Mamou. Elle leur laissait une certaine liberté, tout en fixant des règles. Cela les mit à l'aise immédiatement. Ils patientèrent jusqu'à ce que Mary dise à Mamou qu'elle saurait se débrouiller seule pour défaire leurs valises. Ils suivirent donc la sexagénaire.

Papou, par contre, avait accaparé Adam.

— Viens voir mon studio photo. Je l'ai équipé de….

Ses mots se perdirent dans les cris de Myrtille et Marin qui étaient heureux de trouver des gens de leur âge !

Tout cela annonçait des moments joyeux mais peut-être un peu nostalgiques. Quoiqu'il en fût, tout ce petit monde était prêt à passer une semaine riche en émotions, en découvertes et en redécouvertes. Il fallait en profiter.

1. Myrtille – Austin

— Dis, M'man, on peut dormir avec les faux cousins ?

C'était la voix de Myrtille, un peu fluette, qui avait tinté aux oreilles d'Elisabeth.

— Que pense leur maman ? Pour moi, il n'y a aucun problème, mais je compte sur vous pour que ce ne soit pas le chambard, hein !

On voyait d'où la jeune femme tenait ce ton définitif et cette volonté de fixer des limites !

Myrtille jeta un coup d'œil à Austin et Duncan

— Voilà, je vous avais bien dit que…

Elle fut interrompue par la voix bien timbrée de sa maman.

— Et puis, qu'est-ce que c'est que ce nom de… faux cousins ?

— Ben, comme Austin est le filleul de Mamou, on s'est dit que quelque part, il était peut-être notre cousin… Il est trop jeune pour être notre oncle, aussi, donc…

— Et bien, sache que je n'aime pas trop ça.

Quand Elisabeth prenait ce ton, c'était, en général, le signe que le chapitre était clos et que toute autre réflexion n'était pas souhaitée. Myrtille abandonna donc l'affaire. Elle regarda sa maman en haussant les épaules et rejoignit son frère et les fils d'Adam.

C'était étrange, tout de même, cette histoire de filleul. Visiblement, il y avait quelque chose de mystérieux là-dedans. Mais d'où venait ce secret ? De ses parents ? Non, sans doute pas, sinon, cela aurait été l'un ou l'autre qui aurait eu Austin comme filleul. De ses grands-parents, alors ? Oui, cela devait être ça. C'était Mamou, la marraine. Et puis, au fait, pourquoi Adam et sa grand-mère avaient-ils paru si troublés quand ils s'étaient revus ? Encore un mystère à éclaircir... En attendant, quand Austin était descendu de la voiture de Papou, elle avait remarqué les coups d'œil de son grand-père en direction de sa grand-mère... Cette dernière semblait émue au plus haut point. Tout cela était vraiment très bizarre. Et puis, pourquoi celui-ci avait-il attrapé le bras d'Adam pour le mener à son... studio photo. Il était photographe, Adam ? Mais non : son père à elle lui avait dit qu'ils avaient fait leurs études dans la même école. « Pas en même temps », mais c'était bien dans une boîte où on apprenait les « arts de diffusion » : la lumière, le son, le théâtre... Adam était-il comédien ? Mais s'il était parti à Londres pour son boulot, cela voulait dire qu'il parlait... anglais ? Pourtant, il parlait le français sans aucun accent. Alors que son épouse, Mary... Oh, c'était vraiment trop compliqué.

Elle décida de ne plus trop se poser de questions au sujet d'Adam et reprit ses réflexions concernant Austin. D'abord, elle se demandait quel âge il pouvait avoir... Il devait être un peu plus âgé qu'elle, non ? En tout cas, il ressemblait à son papa. Presque aussi grand, les yeux de la même couleur, la même allure, une fossette au menton, des sourcils très expressifs. Il n'était pas vraiment son type, mais il avait tout de même pas mal de charme... Enfin, elle savait comment ses histoires de cœur tournaient, en général : comme elle était d'un tempérament plutôt franc, elle se précipitait sur celui qu'elle convoitait, et elle se faisait remballer aussi sec. Ici, elle n'allait pas faire pareil : elle n'avait pas envie de se faire jeter. Et de toute manière, peut-être qu'en Angleterre, les filles laissaient aux garçons l'honneur de faire le premier pas. Elle allait donc observer, prendre son temps. Et si Austin faisait une tentative d'approche, elle se… laisserait faire…

Elle n'avait jamais eu véritablement d'amoureux. Juste des petits flirts. Qui commençaient calmement et se terminaient de la même manière. Pas de grands élans passionnés. Elle ne s'était jamais sentie éprise, d'ailleurs. Pour elle, il s'agissait d'un jeu : celui de la séduction, de la parade précédant les embrasements. Mais jamais il n'y avait d'embrasements, en fait, de son côté. Ils la faisaient rire, ces jeunes gens, avec leurs mines déconfites, quand ils étaient éconduits. Quant à elle, ses tentatives restaient souvent vaines. Maintenant, elle attendrait et… verrait venir. Cela ne tarderait pas, elle le sentait très bien. Il suffisait qu'elle voie les regards vert écume que lui lançait Austin pour être convaincue que…

***

Silencieusement, il la regardait. Quel joli sourire elle avait. Et cette voix, aussi légère que celle d'un petit oiseau. Elle avait hérité des yeux de sa grand-mère, Mamou, comme elle l'appelait.

Parfois, il entendait son papa parler de cette dernière. Elle devait avoir compté pour lui, il y a longtemps. Il était incapable de dire si c'était encore le cas à présent, mais ce qui avait existé avait laissé des traces très profondes. Il racontait qu'ils s'étaient rencontrés de nombreuses années auparavant, qu'ils avaient travaillé ensemble – à quoi, il ne le savait pas, mais peu importait –, que Papou prenait des photos, à l'époque, et parlait de tous les concerts où son papa jouait du sax. Il ne le sortait plus souvent, son instrument. Depuis que toute la famille avait fait ses valises et émigré en Angleterre pour le travail d'Adam, l'étui de sax restait fermé. Ce temps, cela devait être « il y a longtemps » ; Papou avait les cheveux gris, il ne se déplaçait plus avec facilité. Il devait être... vieux. Sans doute pas autant que son grand-père à lui, mais... Mamou, quant à elle, était encore alerte pour son âge.

Cela n'expliquait pas, tout de même, ce qui liait Papou et Mamou à ses parents... Il fallait qu'il trouve, même si cela l'empêchait de dormir. Il s'occuperait du « mystère » dès demain. Il s'adjoindrait l'aide de Myrtille. Elle donnait l'impression d'avoir l'esprit vif et curieux. Et puis, elle était enjouée, amusante et... pas mal mignonne, en fait. Des cheveux châtain foncé, des yeux tirant sur le vert, un nez en trompette, une bouche souriante et très expressive sur laquelle passaient alternativement une moue interrogative ou une esquisse de sourire. Il la trouvait intéressante, et il ne doutait pas qu'elle serait partante pour élucider toute cette histoire.

Il griffonna quelques questions sur un papier. Chacune était précédée d'un chiffre.

1.   Comment Papou, Mamou, papa et maman se sont-ils rencontrés ?

2.   Pourquoi Mamou est-elle ma marraine alors qu'elle n'est pas de notre famille ?

3.   Que s'est-il passé entre eux, et pourquoi ?

Il s'arrêta ; c'était un bon début ! Il en parlerait avec Myrtille. Il lui montrerait la liste : elle saurait peut-être répondre aux questions ou l'aiguiller. Elle devait probablement savoir certaines choses. Ce serait un bon prétexte pour passer du temps avec elle.

Il avait repéré une piscine extérieure. Il savait qu'il nageait comme un poisson. Il comptait sur son aptitude à « fendre l'eau » pour l'impressionner et l'intéresser. Dans son ventre, quelque chose frétilla. Il eut un petit sourire, se mordilla la lèvre inférieure et respira un grand coup, comme pour reprendre ses esprits. La semaine de vacances dans la « grande maison » s'annonçait passionnante : d'abord, résoudre ce mystère concernant ses parents, et ensuite, conquérir Myrtille…

2. Adam fait ses valises

Le couple avait débarqué du Thalys en fin de matinée. Leurs bagages les attendaient déjà sur place. Mary était enchantée : elle avait trouvé une école française pas loin de Londres. Elle pourrait y conduire Austin, son fils de cinq ans, et Duncan, celui de trois ans, tous les matins, enseigner jusque quatorze heures sur place et reprendre le chemin du retour. Adam, lui, bossait à Londres même, pour un studio de post-production audio réputé. Il avait été repéré à la suite d'une de ses réalisations imaginatives et très pointues : de la musique pour un court-métrage sur laquelle il avait posé son sax… Un artiste anglais, auteur-compositeur et pianiste, avait fait appel à lui ; il voulait enregistrer un album dans les conditions d'un live. Habituellement, il faisait tout lui-même : prise de « son », traitement, mixage et *mastering*. Comme il était connu en Angleterre, les musiciens avec lesquels il travaillait lui avaient renseigné un studio à Londres : les *Olympic Studios*. Au final, l'album n'avait pas eu le succès escompté, mais Adam avait été demandé par d'autres musiciens, compositeurs et *sound-designer*. Il avait fait son trou à Londres, comme on dit. Mary et Adam coulaient donc une petite vie tranquille et heureuse, dans un cottage des environs de la capitale britannique.

Ils s'étaient rencontrés quelques années auparavant. C'était des amis communs qui les avaient présentés l'un à l'autre. Ça avait collé assez vite entre eux, et depuis, ils ne s'étaient plus quittés. Mary travaillait alors pour une école de formation, et Adam pour la radio. La passion de la musique de ce dernier était toujours présente. Il avait fait partie de plusieurs groupes depuis son adolescence. Il était difficile de dire s'il préférait tel ou tel autre genre de musique. Non, ce qui lui plaisait, c'était de jouer, et encore jouer : du rock, un peu de pop, du jazz, de la chanson française, du funk... Vraiment, c'était très diversifié. On l'appelait, à l'époque, pour des jingles ou des génériques d'émissions radio, pour des mix et *mastering* d'enregistrements faits par d'autres, et de temps en temps, pour poser son sax sur des compos de groupes variés. Il aimait assez cela, cette palette d'activités qui lui était offerte grâce à ses études et à ses talents.

De temps en temps, il donnait un petit signe de vie à la Belgique. Parfois à Apolline[1], cette artiste découverte par Simon[2], un de ses anciens profs, et qu'il avait eu l'occasion de sonoriser plusieurs fois en concert. Elle avait sorti un album, d'ailleurs, avec des compos personnelles. À son image, elles parlaient d'amour, d'étreintes douces, de tourments. C'était assez nostalgique, mais très beau. Parfois, c'était Marine[3] qui se rappelait à son bon souvenir. Leur aventure avait duré « un peu », et l'un et l'autre avaient gardé énormément de tendresse pour leur ancien complice. Celle-ci avait été repérée par Audible, ce site où l'on pouvait se procurer des livres audio, et enregistrait à présent régulièrement pour eux. Elle travaillait aussi pour une radio nationale. Elle lisait toujours des nouvelles

---

1. On fait la connaissance de ce personnage dans le premier tome.
2. Ibid.
3. Ibid.

érotiques à l'antenne, et il arrivait à Adam et Mary d'écouter sa voix en début de nuit, blottis l'un contre l'autre. De temps en temps, l'animatrice radio transmettait un petit message à l'attention du couple. C'était toujours « en sous-entendus », mais Adam était tout à fait conscient que ces allusions les concernaient eux, et pas l'homme et son épouse.

Parfois, Simon lui faisait un coucou discret. Quand il était de passage à Londres pour présenter l'un ou l'autre de ses essais, ils en profitaient pour se retrouver et dîner ensemble. Ils évoquaient les vieux souvenirs, leur jeunesse, et cela les replongeait tous deux une petite vingtaine d'années auparavant. Quel chemin ils avaient parcouru !

Et pour terminer, il y avait Papou et Mamou, toujours attentifs à lui et à sa petite famille. Adam avait tenu à avertir lui-même le couple qu'il s'exilait en Angleterre. Il avait vu les yeux de Mamou briller de larmes. Bien sûr, elle était contente que sa carrière prenne son envol, mais il savait combien il comptait encore pour elle… Il était reparti de chez eux, lui aussi, très ému et, au volant de sa petite voiture grise, celle qu'il possédait depuis des années, et qu'il bichonnait avec amour. Il avait la gorge très serrée. Il s'était promis d'écrire à Mamou régulièrement, mais au final, c'était elle qui lui envoyait un mail tous les lundis, pour s'inquiéter de sa santé, de comment la vie se passait pour eux là-bas. Mamou aimait écrire, il le savait. Les mails s'étaient espacés : quand il songeait aux premières années, c'était chaque semaine. À présent, s'il en recevait une dizaine par an… Ce qui était étrange, c'est que maintenant, il ne l'appelait plus que rarement par son prénom…

La « grande maison » – aujourd'hui (un lundi de juillet)

Adam et Papou étaient sur la terrasse. Les transats étaient ouverts, de même qu'un grand parasol. Les deux hommes se taisaient. Les longs discours concernant le passé, ce n'était pas pour eux. Avec leur esprit cartésien, ils préféraient parler de technique photographique, de son. Les sentiments, les émotions… non. Ils profitaient de la fraîcheur de la soirée et de la tranquillité relative du jardin. Les ados avaient fini par se calmer : leurs jeux bruyants dans la piscine les avaient fatigués. Mamou leur avait demandé d'aller se doucher et de s'habiller « décemment », comme elle disait, pour le souper. Pendant ce temps, Elisabeth, Mary et Mamou étaient en train de cuisiner. Alexandre avait dû repartir en Belgique pour son travail.

C'est donc à neuf qu'ils s'assirent autour de la table. Mary s'était occupée de l'apéro : cela permettrait à chacun de terminer ce qu'il était en train de faire, et d'arriver à peu près quand il le souhaitait. Elisabeth s'était vu confier la cuisson des légumes, de la viande et des pommes de terre. Mamou, fidèle à elle-même, avait préparé deux desserts. Cela semblait… un festin royal. La discussion durant le repas fut fort animée. Mamou demandait à chacun des ados des nouvelles de leur scolarité et de leurs activités. Elle savait grosso modo ce qu'il en était des jumeaux, par contre, elle n'était pas au fait des études en Angleterre. Adam et Mary souriaient en regardant Austin et Duncan qui s'animaient !

Ils parlèrent de l'école, oui. De plus, Austin avait commencé l'apprentissage du piano deux ans auparavant, et comme il savait que Mamou s'y entendait dans ce domaine, il lui parla de Miss Bee, une jeune femme d'une trentaine d'années. Celle-ci était son professeur particulier, et visiblement, elle s'y prenait bien. Impossible, à ce moment, de savoir si ses cours étaient efficaces, mais en tous cas, elle avait pu susciter l'intérêt de l'ado, et il faut dire qu'à cet âge, c'était parfois mission impossible. Il expliqua donc comment son père l'avait embauchée à la suite d'un de ses passages aux studios où il travaillait. Elle était pianiste de studio et enregistrait régulièrement pour des artistes assez différents. Il avait repéré sa simplicité alors qu'elle assurait vraiment, et cela dans tous les styles. Ils avaient un peu discuté : il lui avait présenté la situation. Son aîné, Austin, aurait voulu commencer l'étude de cet instrument assez complexe. Aurait-elle été d'accord de lui donner quelques cours ? Elle n'avait jamais vraiment enseigné, mais cette mission lui plut. Et depuis, elle venait tous les quinze jours pendant une heure. Les progrès d'Austin étaient plutôt rapides. Il avait une bonne oreille, comprenait rapidement les explications et avait à cœur de travailler son instrument régulièrement...

Myrtille était bouche bée ! Elle n'aurait jamais imaginé cela. Elle voyait Austin comme quelqu'un d'un peu dans la retenue, et là, il tenait le crachoir depuis pratiquement dix minutes avec ses explications concernant ses cours de piano... Et Mamou qui le regardait, qui souriait en plissant les yeux, qui hochait la tête... C'était... « spécial » comme situation. Elle se mit à rêver qu'il l'accompagnerait quand il serait un peu plus avancé et recommença de l'écouter. Les yeux vert écume du jeune homme brillaient d'un feu particulier. Mary le contemplait tendrement avec un petit sourire retenu. Adam, fier de son fils, était conscient du fait qu'il était le centre d'intérêt, et cela lui faisait vraiment plaisir. Il se souvenait de ces duos qu'il avait faits il y a longtemps avec Mamou, quand il l'appelait encore par son prénom. Cela datait de… deux décennies, environ. Il débarquait chez elle, avec son sax, et pendant une heure ou deux, ils enregistraient dans sa « petite pièce bleue », la chambre, inoccupée à présent, d'un de ses enfants, dans laquelle étaient installés un clavier, un micro et tout un système d'amplification et d'enregistrement. Peu de gens, à présent, savaient encore qu'une grande histoire les avait liés et que cela n'avait pas simplement à voir avec la musique…

3. Adam – pièce bleue

Namur – Octobre (vingt ans auparavant – flashback 2)

Il était pratiquement dix-huit heures. Elle l'attendait, le cœur battant, ne sachant où se « poster ». Sur la troisième marche de l'escalier faisant face à une petite fenêtre donnant sur l'avant de la maison ? Dans la cuisine ? Dans le bureau, dans sa pièce bleue ? Chaque endroit avait son avantage. Le premier lui permettrait de voir quand il garerait sa petite voiture grise. Dans la deuxième, elle pourrait vérifier si tout était en ordre du côté du repas. Mais finalement, c'est le bureau qui retint les suffrages. Elle pourrait laisser courir ses doigts sur le piano en chantonnant et si elle entendait le bruit d'une porte d'auto qu'on claque, elle saurait qu'il était… là !

Les trois petits coups attendus retentirent. Elle eut une bouffée de désir : dans moins de dix secondes, elle pourrait le voir. Lui, grand, radieux, comme d'habitude, se serait penché vers elle pour lui effleurer la joue d'un baiser en lui disant « Salut, ça va ? », un sourcil relevé. Elle se serait sentie comme une petite chose un peu perdue dans le bonheur et l'aurait dévoré des yeux à la dérobée…

— Il est là, ton….

Elle ne se ferait jamais au détachement de son mari qui savait depuis des années que le cœur de son épouse battait pour un autre que lui, et qui accueillait « cet autre » de manière très courtoise et aimable. Ils étaient même devenus… amis, par la force des choses : leurs passions, leur rigueur, le fait qu'ils soient aussi discrets sur leurs sentiments et leurs émotions…

Elle se précipita, ouvrit la porte toute grande. Ce que ces dix minutes avaient été longues depuis le SMS d'Adam disant « Je pars de chez mes parents ». Il était là, beau à tomber, ses yeux vert écume brillants, ses longs cils châtain clair battants. Baiser rapide.

— Entre…, ce qu'il fit de bonne grâce.

Il connaissait le rez-de-chaussée de la maison.

— Assieds-toi dans le canapé. Je vais chercher quelque chose à boire, tu veux ?

Le mari était toujours dans le bureau… Il leur laissait le temps de se retrouver. À elle de reprendre pied après ce grand trouble de l'arrivée d'Adam, et au jeune homme de se rassurer : non, personne n'allait lui casser la gueule ni lui sauter dessus !

Il aimait cela, le mari, de se sentir maître de la situation. Comme elle devait être mal à l'aise. Mais au final, c'était elle qui le cherchait, on est bien d'accord ? Quant à leur invité, ce n'était pas les regards énamourés de l'épouse qui le dérideraient ou quelque chose du genre. Alors, pourquoi se méfier ?

La situation avait beau se reproduire assez souvent, il y avait toujours un peu d'angoisse, d'interrogations. Aujourd'hui, elle avait décidé d'enregistrer *Si tendrement*. C'était une chanson qui parlait de déshabillage lent, très, très lent. Elle avait envoyé la grille d'accords à Adam, une prise non traitée d'une première version. Elle savait qu'il n'avait pas besoin de… notes précises ou d'une quelconque partition. Il avait juste à se plonger dans le morceau, son ambiance, son harmonie et son talent pour l'impro feraient le reste.

Le matériel était installé : le clavier, un micro chant et un casque dans la pièce bleue, un micro sur pied et un casque dans le hall d'entrée et la table de mixage branchée dans le bureau. Chacun serait à son poste. Elle en haut, lui en bas, et le mari devant la console.

Après avoir bu un verre d'eau, il sortit son instrument de son étui. Elle rejoignit sa place à l'étage et les premiers essais commencèrent. Prises de niveaux, équilibre, compresseur très léger sur sa voix.

Ils se mirent d'accord sur la structure du morceau. Il griffonna quelques notes sur la feuille avec la grille d'accords qu'elle lui avait préparée et la mit sur le pupitre face à lui.

Elle avait dans l'idée une intro assez sourde : juste une percu et sa voix chantonnante. Ensuite, elle jouerait simplement un accompagnement en basses à la main gauche, en chantant le premier couplet.

D'abord, je retarderais le moment
Où je te verrais totalement
Totalement nu
Parce que, parce que c'est très excitant
De dévêtir quelqu'un lentement
Si lentement
Je le ferais en m'arrêtant souvent
Pour te regarder
Pour t'entendre respirer
Et reprendre ton souffle
Je ne voudrais pas que tu m'aides
Juste que tu profites de mes doigts
Et j'embrasserais chaque petite partie
Découverte
Tendrement

Si tendrement, si tendrement

Au deuxième, elle ajouterait des petits accords à la main droite.

Et, et quand tu serais nu
Je ne te demanderais rien d'autre
Que de te laisser faire
Je t'embrasserais, je te caresserais
Et je m'occuperais avec adresse
De ton corps de rêve
Je voudrais que tu te répandes partout
Que tu te liquéfies
Que tu t'essouffles sous mes doigts
Que tu perdes la tête
Que tu me murmures que tu aurais dû
Me faire confiance
Depuis tout ce que temps
Que tu m'aimes
Si tendrement, si tendrement

Ensuite, une modulation en majeur au troisième et dernier couplet, plus court.

Et quand tu aurais joui une fois, deux fois
Je te dirais que j'ai envie
Qu'on mélange nos notes
On prendrait un verre de vin ensemble
Et puis, on recommencerait de s'aimer
Moins calmement
Mais tendrement
Si tendrement, si tendrement

La fin, c'était juste une partie pianistique avec des arpèges dans l'aigu. Ce qu'elle aurait voulu, c'était des impros d'Adam, peu importait quand il les faisait. Elle savait qu'ensuite, il « arrangerait » le tout pour que cela ait de la gueule. Il distillerait ses petits fragments de sax, ses effets, et tout à coup, la composition prendrait une dimension tout à fait différente.

Se rendait-il compte, lui, que les mots de cette chanson, c'était ceux qu'elle aurait eu envie de lui dire ? Peut-être n'avait-il pas envie de vraiment réaliser... Toujours est-il que cela leur prit moins d'une heure pour emballer tout cela. Le mari avait l'air satisfait. Il mit les fichiers sur une clé USB et la donna à Adam afin que celui-ci puisse mixer la chanson chez lui.

Il était l'heure de passer à table... C'était souvent très bon, ce qu'elle préparait. Ce qui l'était surtout, c'étaient les desserts. Aujourd'hui, du tiramisu et des verrines de mousse au chocolat...

La « grande maison » – aujourd'hui (lundi soir)

On ne pouvait pas dire qu'elle n'était pas douée, Mamou, avec ses desserts... Tiramisu et mousse au chocolat. Les enfants, petits-enfants, Adam et, à présent, sa famille, tous raffolaient de ses recettes.

Austin et Myrtille – qui devaient être les plus gourmands – prirent « un peu de chaque » et se régalèrent. Mamou ne lésinait pas sur l'Amaretto dans le dessert italien, et même s'il était impossible que cela monte à la tête de qui que ce soit, les deux ados étaient légèrement grisés. Par les conversations ? L'air chaud ? La nuit qui commençait à tomber ?

Les soirées étaient longues. On était au début de l'été, le solstice de juin venait à peine de passer. Il commençait seulement de faire noir vers vingt-et-une heures trente… Tout le monde en profitait au maximum.

— Mamou, on peut aller un peu se promener avec les… cousins ? demanda timidement Myrtille.

Décidément, c'était elle la meneuse de la petite bande. Mamou la regarda d'un œil attendri :

— Mais oui… Soyez de retour avant vingt-deux heures trente, tout de même…

Ni une, ni deux, Austin, Duncan, Myrtille et Marin se mirent en route. Austin était si pressé qu'il ne se frotta même pas la bouche en sortant de table. Les commissures de ses lèvres gardaient des traces de chocolat. Myrtille et lui entamèrent une discussion au sujet de ce qu'ils avaient comme projets pour la suite de la semaine. Duncan et Marin, autant portés sur le sport l'un que l'autre, discutaient de leur côté des dernières performances des athlètes belges en judo…

Myrtille entra dans le vif du sujet et de ses questions avec Adam :

— Tu ne trouves pas ça étrange, toi, ces histoires de filleul, de faux cousins… Et puis, comme maman a eu l'air contrariée quand j'ai employé cette expression…

Oui, c'est vrai que c'était bizarre. Et puis, d'habitude, Elisabeth, elle n'était pas aussi piquante, même quand elle faisait une remarque à l'un ou l'autre des jumeaux.

— Tu as vu comme Mamou et ton papa se sont regardés quand vous êtes arrivés tout à l'heure ?

Oui, aussi : c'était… curieux. On aurait dit qu'ils avaient envie de se tomber dans les bras l'un de l'autre, mais que quelque chose les en empêchait.

— Et puis, toi, même si tu n'as rien à voir avec notre famille, je trouve que tu ressembles à Mamou : la couleur de tes cheveux, par exemple. Je suis certaine que quand Mamou était plus jeune et qu'elle avait moins de cheveux gris… Et puis, tu as le même nez et la même bouche qu'elle…

Oui, pour la troisième fois, Myrtille disait juste. Bien sûr, les cheveux de l'aïeule étaient à présent beaucoup plus argentés que châtain, mais… C'était vraiment très insolite tout ça…

C'est de cette manière qu'Austin parla de sa fameuse liste à Myrtille. Il vit ses yeux s'éclairer, littéralement, s'éclairer. Oh oui, qu'ils allaient enquêter… Cela valait vraiment la peine. Ils se regardèrent en souriant : il y avait la même petite lueur dans leurs prunelles. La semaine qu'ils passeraient ensemble dans la « grande maison » serait mise à profit de cette manière !

— Hey, Myrtille, il est déjà presque vingt-deux heures trente… Il faut pas qu'on traîne.

Ils prirent donc le chemin du retour. Ce soir, ils dormiraient entre frères et sœurs, mais demain…

4. Adam - entre-notes

Au domaine d'O. – Août (vingt-quatre ans auparavant – flashback 3)

— Passe-moi la confiture, tu veux ?

Une petite table, semblable à celles qu'on utilise quand on fait du camping – vous voyez ? –, trois chaises pliantes. Sur la table un pot de confiture, du pain emballé dans son sachet papier, du beurre, deux couteaux, des mies éparses sur le bois brut du plateau. Autour de la table, trois jeunes gens réunis par le bonheur d'être ensemble, souriants, les yeux vifs, les lèvres entrouvertes. Ils devaient avoir une bonne vingtaine d'années et donnaient l'impression de se connaître depuis toujours...

Mais non, ces messieurs ne se connaissaient pas depuis si longtemps, quoique. Dix-huit balais, c'est l'âge de faire des rencontres qui marquent. Et dans leur cas, c'était ça. Ils avaient commencé leurs études supérieures ensemble, le plus jeune, Adam, avait bissé sa première. Tom et John avaient donc continué sans lui. Cependant, leur passion pour la musique les avait réunis. C'est donc tout naturellement qu'Adam avait rejoint, après avoir été batteur et guitariste dans d'autres groupes, la formation un peu jazzy des deux autres avec son sax. Ils avaient fait appel à une chanteuse et là, c'était le premier week-end où des enregistrements étaient prévus.

Elle était arrivée... « d'ailleurs », c'était le cas de le dire. Pas très grande, avec des cheveux châtain foncé raides, un petit visage tout fin, très fluette. Elle ne parlait pas le français correctement, mais bon, ce n'était pas ce qui comptait. Toutes les finances des musiciens y étaient passées : c'était eux qui avaient pris en charge le coût de son trajet en avion. Et là, on en était aux premières prises. Malheureusement, ce n'était pas très convaincant… On la sentait très jeune, et dans ce cas, ce n'était pas un compliment. Elle était un peu fofolle et sa voix n'était pas à la hauteur de leurs attentes. On allait voir ce qu'il serait possible de faire avec les petits morceaux qu'elle avait déjà enregistrés, mais tant qu'elle était là, autant en « profiter ». Adam s'était senti pousser des ailes : des trois messieurs, c'était le seul à être célibataire. Et comme la demoiselle était tout à fait à son goût…

Il n'eut pas grand-chose à faire. Ils prirent quelques photos avec le GSM de Tom, histoire d'immortaliser l'expérience. Et c'est pratiquement de force que la jeune fille investit les genoux d'Adam. Mains autour de la taille, baisers sur la joue… Cela se termina par des étreintes un peu plus serrées, rien d'autre. Elle se suspendait à son cou en susurrant « oh, mon Adam, mon Adam », mais lui ne donnait pas l'impression d'être plus emballé que cela, même si elle était son type. Il la tenait même un peu à distance, et quand son séjour en Belgique fut terminé, elle regagna ses pénates et plus personne n'entendit parler d'elle… John était déçu de l'investissement : ils avaient vraiment perdu leur temps et leur argent avec une « gamine » pareille. Elle n'avait pas de voix, aucune intelligence dans ce qu'elle chantait. Oui, elle était étudiante dans un établissement qui formait les gens au spectacle, mais elle ne dégageait rien de spécial. Ils en étaient pour leurs frais. Il y aurait encore le concert de la mi-août à assurer, mais elle ne serait pas de la partie : juste dans la salle, à minauder « Oh, Adam, tourne-toi… » en prenant photo sur photo.

John la présenta à quelques personnes. Il s'en sentait un peu obligé même s'il n'était pas fier de s'être trompé de la sorte. Il avait retrouvé un couple qui suivait le groupe depuis pratiquement ses débuts, et de la « bonne nouvelle » qu'il apprit à ses amis, il se sentait gêné. Le monsieur, il shootait et shootait toujours. La dame, elle, devait avoir un faible pour Adam. Ils n'en avaient jamais parlé, mais il suffisait qu'il la regarde pour… D'ailleurs, elle n'en faisait pas réellement un secret, gâtant le musicien dès qu'elle en avait l'occasion. John et elle, par contre, avaient un point commun : ils partageaient une passion pour le piano. Ils avaient déjà discuté répertoire, apprentissage… Ils s'entendaient vraiment très bien.

La « grande maison » – aujourd'hui (mardi matin)

— Passe-moi la confiture, tu veux ?

Comme il faisait très ensoleillé en ce début de journée, une table avait été dressée dans le jardin de la « grande maison ». Les jumeaux et les fils d'Adam avaient rejoint Mamou qui semblait s'être levée aux aurores. Sur une desserte, de quoi faire un petit-déjeuner royal : deux sortes de pain, de la confiture maison, du jus de fruits, du yaourt, du thé, du café… Seul Papou n'était pas encore levé. Il aimait flâner quelque temps dans son lit !

Mamou en profita pour interroger les ados sur leur nuit.

— On a bien dormi, dis…, lui assura Myrtille, toute pimpante dans son short et son top bleus. Mais on dort toujours bien dans la « grande maison ».

Elle avait relevé ses cheveux en queue de cheval mais sans les coiffer vraiment. Elle ajouta :

— Ce soir, on peut dormir dans la même chambre avec les... cousins ?

Mamou la regarda d'un air enjoué.

— À force d'être tout le temps l'un avec l'autre, vous allez vous lasser, dit-elle, sans regarder Myrtille.

— Mais non, justement : quand on est quatre, on peut varier les plaisirs. Duncan et Marin s'entendent bien, et puis, Austin et moi, on a un projet.

Mamou releva la tête. Elle fixait à présent la jeune fille en essayant d'imaginer ce qu'elle mijotait. Elle se reconnaissait en Myrtille. Sa fougue, son énergie, son visage expressif. Au même âge, elle devait lui ressembler. Elle était sans doute moins volubile, mais, en ce temps-là, toutes les jeunes filles l'étaient, plus discrètes. Elle était heureuse du cadeau qu'Elisabeth et Alexandre leur avaient fait, en tant que grands-parents. Les jumeaux étaient vraiment très chouettes : curieux, agréables à vivre, toujours à avoir envie de « faire des choses ». Ils n'avaient rien de certains de leurs contemporains qui pouvaient passer la journée entière le nez sur la console de jeu ou connectés du matin au soir et qui ne prétendaient même pas se mettre à table en même temps que le reste de leur famille.

Quelle époque !, songea la sexagénaire...

— Alors, Myrtille, parle-moi de ce fameux projet, tu veux ?

La jeune fille se mordit les lèvres. Les longs cils d'Austin battaient, comme ceux de son père quand il était troublé. Il ne fallait absolument pas qu'ils vendent la mèche, ni l'un ni l'autre.

— Heuh… on voudrait… euh… découvrir la région avec Austin. Et puis, rédiger un blog… Moi, j'aime bien écrire, et Austin, il fera les photos. Limite, on peut partir à vélo et pique-niquer… Tu vois ? Je connais de beaux endroits…

Mamou sourcilla. Elle n'était pas naïve. Sa petite-fille n'avait, jusqu'à présent, jamais manifesté le moindre intérêt pour ce genre de truc touristique. Oui, Myrtille connaissait bien la région – elle venait en vacances à la « grande maison » depuis qu'elle était née –, mais l'aïeule était un peu déçue.

— Ah… Je pensais que vous aviez peut-être projeté un concert à deux avec Austin : tu vois, lui au piano, et toi… Je t'ai déjà entendue chanter, et comme ton… cousin apprend plutôt ça dans ses cours et qu'il se débrouille pas mal, d'après ce qu'il paraît… Non ? Bon, ben, je me suis trompée. Tant pis…

Un silence enveloppa les ados et Mamou. Celle-ci avait à présent les yeux dans le vague. Elle se souvenait si bien des séances d'enregistrement avec Adam et avec Papou. Ils ne s'étaient jamais produits ensemble. Elle aurait été bien trop impressionnée d'être sur scène avec le sujet d'inspiration de toutes ses chansons.

Certes, elle s'était trompée. Mais dans le fond, elle leur avait donné une bonne idée, à ces jeunes gens. Il faudrait creuser cela. Austin et Myrtille se regardaient. Oui, ils allaient parler de ce qu'ils aimaient comme musique. Ils se trouveraient certainement des points communs.

L'adolescente laissa son esprit vagabonder au fil de chansons et de musiques. Elle était à présent très impatiente d'entendre Austin au piano. Elle se demandait s'il faisait « aussi bien que Mamou ». Le garçon, quant à lui, commença par faire le point au sujet des chansons qu'il

avait déjà travaillées avec Miss Bee : il fallait qu'il en fasse
une liste et...

5. Myrtille – Austin 2

— Alors comme ça, tu chantes ?

Austin regardait Myrtille. Il avait l'air plutôt étonné. Oui, son papa lui avait parlé de la famille de Mamou et de Papou : pratiquement tous des musiciens. Leurs enfants avaient suivi des cours de chant, de basse, de batterie, de guitare… Mais elle, c'était la deuxième génération.

— Tu sais, c'est d'abord maman et ensuite Mamou qui m'ont encouragée. Au départ, moi, j'étais pas vraiment dans le truc. Maman, je la trouve un peu… « allumée » avec ses histoires de religion, de messes et de chorale. Quant à Mamou, il paraît qu'elle chantait pas mal quand elle était plus jeune. Mais je ne sais pas vraiment de quoi il retournait… Moi, je sais juste qu'elle joue du piano…

Austin avait les yeux dans le vague. Oui, ça lui disait quelque chose cette histoire de chansons de Mamou. De temps en temps, il arrivait à Adam de s'isoler dans sa pièce de travail avec un casque sur les oreilles. Il l'avait déjà surpris à l'une ou l'autre reprise. Il était assis devant son ordinateur, le regard écume rempli de larmes et les lèvres entrouvertes… Quand il se rendait compte qu'il était observé, il faisait mine de rien, mais Austin voyait bien que son père était très ému. La seule explication qu'il donnait, et qui n'en était pas une, était « Tout ça, ce sont des souvenirs, de la nostalgie, rien d'important, tu sais ». L'ado se disait que c'était tout de même bien étonnant que quelque chose de « pas important » provoque autant de troubles, mais bon…

Cela lui revint en tête et il aborda la question avec Myrtille.

— Dis, Mamou, elle te parle de papa, de temps en temps ?

— Oui et non. Je sais qu'ils se connaissent depuis longtemps, mais pour le reste…

— Tu sais comment ils se sont rencontrés ?

— Je pense qu'ils ont travaillé ensemble. Mais je ne sais pas à quoi… T'as une idée ?

— Ben, pas la moindre, justement.

Ils étaient pensifs tous les deux. Et puis, rompant le silence de leurs imaginations, Myrtille lança :

— Si je te dis ce que j'aime chanter, on pourrait peut-être leur préparer un petit concert… Je sais qu'il y a un piano tout en haut, au grenier. Il est certainement faux et inutile de penser à le descendre, mais…

— Ça nous occuperait de répéter, oui… entre les balades, les séances de crêpes…

— En plus, il y a un tas de fourbis dans des caisses là-haut, et par terre aussi. Y a peut-être moyen de tomber sur quelque chose d'intéressant « en rangeant ».

— C'est assez grand pour qu'on puisse faire vraiment concert avec du… public ?

— Oui, je pense, c'est pas pour rien que ça s'appelle la « grande maison » ! Alors, ça te dit ? On demandera à la famille de venir nous écouter. Papa sera de retour en fin de semaine…

Austin avait le visage radieux. Oh oui, que ça lui disait ! Il allait mettre ses cours à profit, travailler avec Myrtille et montrer à ses parents, à Papou et à Mamou de quoi il était capable.

Il refit mentalement la petite liste – ça devenait une manie – de chansons et morceaux qu'il avait travaillés et pensait maîtriser. Il fallait qu'ils consultent internet, qu'ils établissent un programme, qu'ils trouvent les grilles d'accords pour que les mélodies chantées soient dans le bon ton pour Myrtille, et que lui s'y retrouve aussi question altérations… Le piano, ce n'est pas aussi simple que la guitare. Là, pas de capodastre pour hausser les accords qu'on joue de quelques demi-tons.

Voilà, le plan d'action était établi. Ils fixèrent leur choix sur des choses plutôt vieillottes. C'était des tubes du… « début du siècle ». Austin avait travaillé l'une ou l'autre chose avec son professeur. Et pour Myrtille, ce n'était pas un terrain inconnu non plus. Il arrivait qu'Elisabeth ou Mamou en fredonne, et comme elle avait les bonnes oreilles et la mémoire de sa maman, ces airs, sans lui être vraiment connus, lui étaient un peu familiers. Il fallait juste qu'elle bosse un peu son anglais… Elle demanderait de l'aide à Mary si c'était nécessaire…

Commencèrent alors les répétitions. Austin et Myrtille montaient au grenier. Le piano avait été nettoyé. Mamou était dans le « pseudo-secret projet de concert ». Elle était contente que son filleul et sa petite-fille s'entendent si bien. Elle n'avait plus abordé le sujet « visites dans la région et blog ». Ce qui liait les ados était tout de même bien plus intéressant, de son point de vue, que ces histoires de découvertes de l'Ardèche.

De temps en temps, on entendait Austin s'échiner sur un arpège particulier ou Myrtille s'emballer et puis manquer de souffle. C'était amusant. En tous cas, cela donnait l'impression d'avancer. De toute manière, on était mardi : Adam et sa famille ne repartaient que le lundi suivant. Le concert était prévu pour dimanche soir. L'aïeule allait faire venir un accordeur au plus tôt.

Et puis, très mystérieuse, elle leur dit qu'elle serait heureuse de leur faire une surprise. Les jeunes gens n'avaient aucune idée de ce qui mijotait dans la tête de la vieille dame… Ils se gardèrent bien de poser quoi que ce soit comme question. Il ne fallait pas que la grand-mère de Myrtille les surveille trop, et qu'il soit impossible ensuite d'avoir une quelconque info concernant la première liste d'Austin, celle avec les « faux cousins », la manière dont son papa et elle s'étaient rencontrés et ce qui les liait…

Pour varier les plaisirs, après leur répétition matinale, Austin et Myrtille firent un petit plongeon dans la piscine. Ils y barbotèrent un peu pendant que, comme le premier soir, Mamou, Elisabeth et Mary préparaient le repas de midi. C'était un plat froid : de la salade, des crudités, du pain, un peu de fromage, du jambon, des œufs durs… Il y avait en général, un dessert frais : de la glace ou des fruits.

L'après-midi, ils allèrent se promener dans les environs de la « grande maison ». Il y avait un petit bois avec un ruisseau et des chemins de campagne. Ils en profiteraient pour établir leur programme de répétitions pour le lendemain et rentreraient bien fourbus d'avoir marché durant deux ou trois heures sans se rendre compte des kilomètres qu'ils avaient avalés.

***

— Dites, les musiciens, si vous voulez offrir un concert digne de ce nom dimanche soir, il faudrait peut-être que vous commenciez à préparer le lieu, non ?

C'était Mamou qui, munie d'un balai et d'une raclette, venait de rejoindre les ados.

— Il reste encore un seau, des torchons et du produit de nettoyage à aller chercher. Et si vous voulez un peu trier tout ce qui se trouve en pile et mettre dans des caisses, vous me le dites : j'irai chercher de quoi ranger tout ça.

Elle désignait les papiers, livres, classeurs… Tout un tas de fatras dont personne ne s'occupait plus depuis longtemps.

Austin et Myrtille firent la grimace. Pourquoi était-ce à eux de s'occuper du nettoyage ? Voyant leur hésitation, Mamou ajouta mystérieusement qu'il y avait « peut-être des choses à découvrir… »

C'est donc pas très emballés que Myrtille empoigna le balai et qu'Austin commença de dégager le sol de ce qui y gisait : des caisses en carton contenant des papiers, encore des papiers, des prospectus, des feuilles à portée, des grilles d'accords…. À un moment, il s'interrompit, tout excité :

— Hey, Myrtille, regarde un peu ça…

C'était une petite pochette en plastique, comme celles qu'on employait au temps où ses parents étaient encore à l'école. Le plastique était jauni et avait un peu séché. Mais ce qui avait attiré Austin, c'était ce que la pochette contenait : cinq ou six publicités avec la maison… de ses grands-parents, les siens. Il reconnaissait parfaitement le bâtiment, en vue aérienne. Cela devait avoir été photographié avec un drone. Un des amis de son papa en possédait un de la « première génération » et il leur avait montré, il y avait un moment déjà, des vidéos qui avaient été faites grâce à cet équipement.

Myrtille rejoignit Austin, très intriguée. Mais que faisaient donc ces papiers dans le grenier de la « grande maison » ardéchoise ? Le mystère devenait de plus en plus profond…

— Il y a une date là-dessus ?

— Oui, regarde : ça va de 2012 à 2017.

— Quelles antiquités… Je me demande bien ce que ça fait ici…

— T'es pas la seule…

— Oh, regarde, c'est pas ton père, ça ?

Austin était médusé : oui, on aurait bien dit Adam, beaucoup plus jeune. Un homme d'une vingtaine d'années dans une pose un peu empruntée, le sax contre lui. On aurait pu croire qu'il s'agissait d'Austin, mais non : la photo était trop vieille et puis, l'ado ne jouait pas de cet instrument.

— Je vais demander à Papou s'il n'aurait pas une loupe. Il faut que j'en aie le cœur net… Je reviens…

Quatre à quatre, l'ado descendit les escaliers. Il y eut des bruits de porte, de pas qui courent. Et quelques instants plus tard, triomphalement, il avait rejoint le grenier, une loupe à la main.

— Maintenant, on va en être sûrs !

Il approcha la loupe d'une des photos. Elle montrait un groupe de musiciens, et en effet, il n'y avait plus aucun doute à présent : c'était bien Adam, un sourire aux lèvres, rêveur, qui avait le bec de son sax juste à côté de la bouche… Il portait un T-shirt bleu marine et un jeans. Ses petits cheveux étaient un peu fous comme ceux d'Austin, mais leur couleur était plus claire. Ses yeux vert écume pétillaient. Il avait l'air un peu embarrassé, mais de tous, il paraissait être le plus âgé. Il semblait dès lors tout naturel qu'il soit gêné d'être au milieu de ce groupe d'enfants et jeunes ados alors que lui était déjà un adulte.

Austin n'en revenait pas. C'était à nouveau un mystère qu'ils auraient à éclaircir, mais à présent, il se disait que s'il pouvait « attraper le début de l'histoire », tous les éléments se mettraient en ordre d'eux-mêmes.

— Écoute, pour ne pas perdre de temps, tu continues de balayer. Moi, de mon côté, je trie un peu tout ça, et tout ce que je trouve ayant quelque chose à voir avec nous, que ce soit mes parents ou mes grands-parents, je mets de côté. Ok ?

Myrtille fit une petite grimace… Alors, elle allait devoir continuer à se farcir les poussières, les toiles d'araignée et le reste… Et puis, tant pis, c'était vrai : mieux valait que ce soit Austin qui s'attèle à cela. Il reconnaîtrait sans doute mieux ce qui concernait sa famille qu'elle.

— Tu me promets de ne rien dire ou lire si tu trouves d'autres choses ? On se donne une heure et puis on fait le point…

Austin acquiesça. Il continua de regarder chaque papier, chaque feuille à portée sur laquelle il tombait, mettant scrupuleusement de côté ce qui pouvait être intéressant. Une grille d'accords avec comme titre *L'oiseau-Lyre*, un plan de scène avec des numéros de téléphone, une *set-list* avec une date : MJam 4 septembre, et même d'autres pochettes en plastique contenant des feuilles imprimées. La première de celles-ci comportait une date, et cela allait de « 2013 et avant » à « 2018 ». Il mit gentiment dans des caisses apportées par Mamou le reste des choses à ranger : des cours de photo, de sécurité, des lois, des prépas de cours d'école primaire, des partitions de chorales… Il y en avait des choses…

Myrtille, quant à elle, balayait toujours, reculant un petit fauteuil, une table basse. Il y avait tant de poussières qu'elle eut une quinte de toux et dut descendre boire un verre d'eau. Elle remonta, un petit foulard de Mamou sur la bouche et le nez. Elle était impatiente que l'heure soit passée. Elle jetait de temps en temps des coups d'œil à ce qu'Austin mettait de côté. Le tas commençait à être conséquent. Elle espérait que la chasse serait fructueuse et surveillait sa montre toutes les cinq minutes…

— Voilà, il est seize heures… Je m'arrête. Tu me montres ?

Austin avait les yeux rieurs. Au fil de l'heure en question, il avait découvert pas mal de choses. Elles ne concernaient pas toutes son papa, mais il espérait avoir repéré les papiers les plus troublants…

— On commence par quoi ?

— D'abord, il y a ça.

6. Avant d'être « Mamou »
– pièce bleue

Namur – (Juin, quinze ans plus tôt – flashback 4)

— Alors, t'as presque fini ta répétition ?

— Oui, il me reste les quatre dernières et je descends.

L'homme poussa un soupir de soulagement Cette histoire de concert demandait pas mal de mises au point. Il y en avait deux qui étaient prévus cette année. Un le long de l'eau, l'autre dans un endroit fermé avec une acoustique incroyable : c'était une ancienne chapelle qui servait à présent de local de cours dans l'école où leurs enfants avaient fait une partie de leurs études secondaires.

La femme était particulièrement attachée à ces quatre chansons intimes. Elle avait retravaillé spécialement la dernière du set : celle qui parlait de quelqu'un qui a souvent les yeux fermés, qui est « dans sa bulle » mais qui, par là-même, est encore plus passionnant à séduire… Les trois autres parlaient d'envies, de feu et de stratégies amoureuses. Elle les chérissait… Elle avait mis ses tripes et son âme dans les paroles et la fougue sensible dans ses notes. Elle se sentait bien quand elle les partageait.

Elle appréciait la façon dont l'homme avait réglé la compression de sa voix. Son piano faisait parfaitement corps avec son timbre. Il y avait comme une complicité tendre entre les deux. Elle se baignait dans le son et la fusion entre l'instrument et son cœur.

L'homme se rendait compte du trouble qu'elle ressentait quand elle chantait certaines de ses compos. Il la laissait s'épancher, se répandre concernant cet autre homme qui lui avait ravi le cœur de son épouse. Il avait résisté pendant longtemps. Et puis, il s'était dit que c'était sans doute le destin qui avait fait se rencontrer l'homme plus jeune et l'amour de sa vie.

Elle pleurait de temps en temps. Pas parce qu'elle était malheureuse, non. Simplement parce que ce qu'elle ressentait la dépassait, que cela la mettait dans un état d'euphorie particulier, que cela la portait à être plus sensible, plus touchante et qu'elle aimait ce qu'elle était devenue, simplement en s'étant éprise sans aucun espoir d'amour réciproque...

La « grande maison » – aujourd'hui (mardi après-midi)

Le « ça », c'était un petit livre dont la reliure était bleue. Il n'était pas très gros. Sur la couverture, un couple dans une position plus qu'ambiguë. En quatrième de couverture, une brève présentation de l'auteure et de l'histoire... Un récit d'amour, apparemment, un peu osé, et dont le titre était *Frissons nocturnes*. Une illustration, derrière le bouquin aussi : un piano noir sur un fond bleu dans une bulle et « Bleue » écrit en... bleu, sur le piano. Ça faisait beaucoup de bleu, tout ça... C'était un bouquin pas très récent. Visiblement, il était sorti une quinzaine d'années auparavant.

Austin et Myrtille se regardèrent. Cette bulle avec le piano, ça disait vaguement quelque chose, à Myrtille. Mais quoi ? Austin ouvrit le livre au début.

« *Prologue – Octobre 2017 – MARINE*

« *Coquineries littéraires, du piment dans votre ordinaire...* »

C'est ainsi que chaque semaine, l'émission animée par Marine, Bleue pour les auditeurs, commençait. Elle avait lieu le mercredi à vingt-trois heures et était destinée aux amateurs d'histoires osées de plus de dix-huit ans. Des mots coquins, doux, parfois plus crus. Une certaine retenue aussi, mais toujours du sexe... »

Avait-il le droit de lire cette histoire ? Il parcourut les pages suivantes... Certains mots le troublèrent. On aurait dit qu'il « connaissait » ce qui était raconté, qu'il avait déjà vécu cela. Cela parlait d'un jeune homme qui avait des yeux vert écume, comme lui, qui avait un petit quelque chose de pas assuré, comme lui, dont les cils battaient quand il était troublé, comme lui aussi... On aurait dit que cela le mettait en scène. Tout cela était des plus étranges.

— Passe-le-moi : je veux lire aussi...

Myrtille, après avoir jeté un coup d'œil à la table des matières, s'était plongée dans le deuxième chapitre qui s'intitulait « Initiation savoureuse ». Tout un programme... Elle n'avait jamais été en présence d'écrits érotiques. Ce n'était pas le « genre de la maison ». Elisabeth était assez prude. Alexandre aussi. Elle n'avait jamais été réellement remballée quand elle questionnait l'un ou l'autre, et les explications reçues étaient en général très brèves. Elle n'était donc pas vraiment au fait du sexe, de techniques sensuelles... Et là, on aurait dit que tout leur était servi sur un plateau...

— À mon tour, à présent...

Austin lui arracha pratiquement le livre des mains.

— Ok, mais tu fais la lecture à haute voix, alors…

— Il y a plein de petits chapitres. Je lis quoi ?

— Celui que tu choisis… T'es pas gêné ?

— Si, un peu, mais si on veut savoir ce que ça raconte, on n'a pas le choix… Il faut que l'un de nous deux lise tout haut, comme ça, on sera à égalité…

Commença alors une lecture partagée. Myrtille lisait un chapitre, Austin, un autre. Ils alternaient de cette manière, s'étranglant parfois de ce qu'ils découvraient, ravalant leur salive tant tout cela les troublait. Bien sûr, il y avait l'histoire sulfureuse. Mais pas seulement. Car au fur et à mesure du récit, Austin avait de plus en plus l'impression que les personnages du livre ne lui étaient pas inconnus. Il y avait le personnage masculin principal, qui portait le prénom de son papa et lui ressemblait en de nombreux points. Et puis, et aussi, un autre personnage que l'ado crut reconnaître, Simon, un ami belge de ses parents avec qui son père avait toujours des contacts…

Ils n'étaient pas encore arrivés à la moitié du petit livre quand la voix d'Elisabeth retentit. Plus de deux heures avaient passé depuis qu'ils avaient entamé leur découverte.

— Dites, les jeunes, qu'est-ce que vous fabriquez ? On ne vous entend pas répéter et vous êtes toujours au grenier…

— On nous attend pour le souper ?

— Non, pas encore vraiment, mais il va falloir penser à aller vous rafraîchir… On passe à table d'ici une bonne demi-heure…

Austin et Myrtille échangèrent un regard… Ce qu'ils auraient aimé, c'est continuer leur lecture de *Frissons nocturnes*. Y consacrer la nuit entière, s'il le fallait. Mais il n'était pas question qu'ils le fassent dans la chambre qu'ils partageaient avec Duncan et Marin. Myrtille, jamais à bout de ressources, dit à Austin qu'elle avait une idée et, prestement, ayant lâché le livre, elle descendit à la recherche de Mamou.

De sa voix la plus enjôleuse, elle lui dit :

— Dis, Mamou, on a fait des rangements… et des découvertes. On aimerait dormir sous la tente, exceptionnellement. On a des trucs à se raconter avec Austin, et ça pourrait déranger… Si tu es d'accord, je te promets qu'on coupera les lampes de poche à vingt-deux heures trente… Dis oui, Mamou, s'il te plait…

Mamou regarda la jeune fille. Elle avait cru déceler une certaine excitation dans ses yeux. Était-ce lié à l'euphorie des mystères dévoilés, à… autre chose ? Elle décida de donner une chance aux ados et répondit à Myrtille que si les parents d'Austin et les siens étaient d'accord, elle n'y voyait pas d'inconvénients. Il y avait une tente Quechua, de celles qu'on secoue et qui sont tout de suite prêtes, dans le garage. Il suffisait que les ados l'installent dans l'herbe, qu'ils prennent matelas pneumatiques et sacs de couchage, et l'affaire serait réglée. Elle lui conseilla tout de même de garder un pull à portée de main « si jamais, vers deux ou trois heures du matin, la fraîcheur nocturne devait tomber ».

Myrtille rayonnait ! Bien sûr, les parents acquiescèrent puisque… Mamou était d'accord et… une longue nuit s'annonçait. Les ados pourraient lire *Frissons nocturnes* jusque vingt-deux heures trente, éteindre les lampes de poche, mais continuer de chuchoter…

7. Nuit de pleine lune

Le souper fut englouti à toute vitesse. Myrtille et Austin avaient laissé le fameux *Frissons* au grenier. Ils avaient peur de se faire griller par Mamou ou quelqu'un d'autre. Qui était au courant de l'existence de ce petit bouquin ? Les parents, peut-être, et encore. Papou, sans doute. Mamou, certainement.

La tente fut installée à la vitesse grand V, et c'est munis de matelas pneumatiques, de sacs de couchage, de lampes torches et de petites polaires que les ados s'installèrent.

Tour à tour, l'un puis l'autre lisait. Avant le repas du soir, ils étaient arrivés au chapitre qui parlait d'une visite qu'Adam faisait dans une mercerie et de ce qu'il achetait pour Marine, sa… Bleue. Au fur et à mesure que l'histoire se déroulait, il était de plus en plus manifeste que le héros se faisait initier par une personne plus âgée que lui, qui, loin de le considérer comme un jouet, avait de réels sentiments pour le jeune homme. Cet attachement se renforçait au fil du récit. Oui, il y avait de vraies scènes de sexe. D'ailleurs, quand c'était le cas, Austin et Myrtille ne lisaient pas tout. La demoiselle était sensible à l'évolution du sentiment amoureux de l'héroïne. Quant à son ami, il se reconnaissait tellement dans la description qui était faite de l'Adam de l'histoire que… c'en était vraiment très troublant.

Le chapitre auquel ils étaient arrivés, « Rideau rouge », racontait comment Adam était devenu le sonorisateur attitré d'une jeune chanteuse et guitariste, Apolline R., dont le mentor était Simon. Dans cette partie, Austin reconnaissait très bien deux autres personnages dont il avait été question dans un des tout premiers chapitres. Il s'agissait de deux amis de son père. C'était des musiciens, l'un guitariste, l'autre claviériste, avec qui Adam, le vrai, avait joué quand il avait une vingtaine d'années.

Les ados se posaient à nouveau une tonne de questions. Qui avait écrit cette histoire ? Pour quelle raison ce petit livre « traînait-il » au grenier alors qu'il aurait pu se trouver dans la bibliothèque de la maison, au rez-de-chaussée ? Pourquoi Austin avait-il le sentiment que l'Adam du livre avait autant de similitudes physiques avec lui ? Peut-être était-ce simplement son père qui était le principal sujet d'inspiration de l'auteure, et voilà pourquoi tout ceci lui semblait si familier ?

Vingt-deux heures trente… Il était temps d'éteindre les lampes de poche. Myrtille regardait les yeux écume d'Austin qui brillaient dans la pénombre et ses cils qui battaient très vite.

— J'ai pas sommeil… On parle encore un peu ?

— Moi non plus, j'ai pas sommeil. Il y a trop de trucs bizarres dans cette histoire.

— Ça te fait peur ?

— Non, ça m'intrigue, juste…

Austin allongea le bras gauche et enserrant les épaules de Myrtille, la prit contre lui. Celle-ci eut d'abord un petit geste pour s'écarter de lui. Pas qu'elle n'ait pas envie de cette proximité, juste que cela la troublait que son « cousin » ait manifesté le désir de se rapprocher d'elle. Elle se laissa donc faire et recommença à le contempler. C'est vrai qu'il était franchement beau. Il y avait cette candeur, cet air un peu frondeur qu'il arborait quand il se sentait perdre contenance. Une jolie bouche, des mains longues et fines qui voletaient sur le piano pour accompagner sa voix… Avec désinvolture, elle commença de jouer avec ses doigts. Les cils longs et fins commencèrent à battre comme des papillons – tiens, cela lui disait quelque chose, à Myrtille. C'était bien au début de l'histoire, ça, dans le prologue d'Adam ? Elle ferma les yeux et écouta le souffle de son ami s'accélérer. Elle se sentait bien avec lui. Et contre lui, c'était « encore mieux » !

C'était donc dans les bras l'un de l'autre que les jeunes gens s'endormirent. Demain, l'enquête continuerait. Il faudrait aussi qu'ils poursuivent leurs répétitions pour leur concert et que le nettoyage et le rangement avancent. Il y avait du pain sur la planche.

8. Piano aux aurores

La « grande maison » – aujourd'hui (mercredi matin)

Il était tôt, très tôt. On entendait le chant des oiseaux dehors. Austin et Myrtille venaient de « passer une nuit ensemble », une nuit côte à côte aurait été plus juste. Myrtille s'était laissé envelopper par le bras de son ami et avait dormi comme une masse. Austin, quant à lui, s'était réveillé à plusieurs reprises pour regarder la jeune fille durant son sommeil. Elle avait l'air de faire de beaux rêves : elle souriait paisiblement, et de temps en temps, ses paupières bougeaient très vite. Il avait peur qu'elle sorte de ses si jolis songes, mais finalement, non, ça n'avait pas été le cas.

Et là, le garçon était bien éveillé, mais il n'osait pas trop bouger pour que son amie reste endormie. Il aurait voulu se dégourdir un peu les jambes, filer en douce dans le grenier pour jouer les accompagnements de l'une ou l'autre chanson avec la sourdine, pour être le plus discret possible. Ça le démangeait vraiment. Non, ce qu'il aurait souhaité réellement, c'était de se replonger dans la lecture de *Frissons nocturnes*, mais comme Myrtille était toujours dans les bras de Morphée, il était certain qu'elle n'aurait pas pris ça très bien. Elle voulait, elle aussi, connaître la suite des aventures d'Adam et de Marine…

Très délicatement, il se leva, en ayant soin de ne pas faire bouger le sac de couchage de Myrtille, et à pas de loup, il sortit de la petite tente. Personne n'était encore éveillé. Il monta toujours aussi silencieusement jusqu'au grenier et s'installa face à l'instrument. Il posa ses mains de manière très légère sur le clavier. Il fallait qu'il revoie *A Thousand Miles, It's real love, Because* et *Lady*. Ces parties pianistiques étaient de vrais morceaux, pas de bêtes accompagnements en accords. Et puis, il avait une idée pour le concert, mais il préférait ne pas en parler encore à Myrtille. Il fallait qu'il soit sûr et certain que son papa soit d'accord de se prêter au jeu.

Il commença par se mettre en doigts comme son professeur le lui avait appris. D'abord des aller-retours de do à sol aux deux mains, histoire de se « mettre en route calmement ». Ensuite, une gamme : Do Majeur, sur deux octaves, puis trois, puis quatre. L'arpège du même ton. Un enchaînement d'accords : Do Majeur, Fa Majeur, Sol Majeur et retour à Do Majeur. Il fit pareil pour d'autres tons ayant des altérations à la clé… Dièses, bémols… Il laissait ses doigts courir de plus en plus vite sur le clavier. Ceux-ci étaient légers mais énergiques. Il faisait attention à la pression que chacun d'eux exerçait sur les touches du vieux piano. Il y avait des « notes » qui s'enfonçaient davantage, et il fallait être attentif à l'homogénéité du jeu. Cela peut paraître complexe mais pas impossible. C'était une des choses que son prof lui avait enseignées : la régularité et le poids de ses doigts et de ses poignets pour y arriver.

Dans la foulée, il entama *Because*, une chanson des Beatles qui, à son avis, n'avait pas la reconnaissance qu'elle méritait. La partition originale était trop grave pour son amie. Il avait donc retranscrit le tout un peu plus haut, et Myrtille se trouvait bien plus à l'aise à présent. Il y avait, au chant, une longue tenue à la fin de chaque petit couplet, et c'était un bon échauffement pour la demoiselle. Quant à l'accompagnement, c'était de gentils arpèges, au départ, répartis entre la main gauche et la main droite. Après, bien sûr, ça s'activait un peu mais dans l'ensemble, c'était une pièce tranquille. Ça convenait tout à fait comme premier morceau de répétition. Comme ce qu'il avait à jouer se répétait plusieurs fois, il repérait les petites faiblesses de chaque exécution pour s'améliorer au fil du morceau.

Il continua avec *It's real love*, un titre de John Lennon, qu'une chanteuse, Regina Spektor, avait repris. C'était Adam qui lui avait parlé de cette artiste. Celle-ci, une américaine, avait commencé par faire des études de piano classique, et puis… elle s'était dirigée vers la pop avec bonheur. Elle n'avait que 5 ans de plus que son père. Elle avait connu un certain succès dans les années 2000. Sitôt la chanson terminée, il poursuivit avec une compo de la chanteuse en question. C'était pour celle-ci qu'il aurait souhaité l'aide de son père. Il y avait à la fin une partie de sax, comme une envolée improvisée. C'est dans ce style qu'Adam s'illustrait : l'improvisation. Il fallait voir s'il avait emporté son instrument, sinon, on aviserait…

Pour terminer, ce « casse-doigts » qu'était *A thousand Miles*, à nouveau un morceau du début des années 2000. Austin était allé regarder sur le net à quoi ressemblait le clip de cette chanson et… oui, c'était totalement ringard. Ce qu'il ne savait pas, c'est qu'Elisabeth, la maman de Myrtille, avait chanté cela aussi « dans son jeune temps » !

Cette soirée musicale de dimanche allait certainement être source de surprises !

Il était très concentré sur ce qu'il était en train de jouer et ne s'était pas rendu compte qu'il n'était plus seul dans le grenier. Ce n'était pas Myrtille qui l'avait rejoint, mais

Mamou. La sexagénaire était arrivée comme une petite souris et s'était assise bien droite sur un tabouret, derrière lui... Elle avait les yeux fermés et se laissait bercer par la musique en fredonnant très doucement. Bien sûr qu'elle se rappelait de ces mélodies.

— Merci, Austin..., chuchota-t-elle quand il retira ses mains du clavier. C'était magique... Tu sais que ça m'a replongée pas mal d'années en arrière ?

Le jeune homme sursauta. Ainsi donc, ces... « vieilleries », Mamou les reconnaissait... Il était content. Il lui demanda s'il était dans le bon au niveau du tempo et du caractère. Elle hocha la tête en signe d'approbation.

— Je vais te laisser continuer. Tu devrais jeter un œil aux papiers qui sont là, lui dit-elle en désignant un tas de feuilles de différentes tailles.

Il y en avait qui étaient jaunies, d'autres dont l'encre des mots était complètement délavée, d'autres encore sur lesquelles il y avait des indications manuscrites.

— Je le ferai, répondit le jeune homme. Cela ne l'emballait pas réellement de fouiner et de trier tout cela, mais comme Myrtille l'aiderait...

Elle arriva, d'ailleurs.

— Dis, je viens de croiser Mamou. Elle avait l'air drôlement chamboulée. Qu'est-ce qui s'est passé ?

— Et bien, je ne sais pas, figure-toi. Elle était là, à m'écouter, et puis elle avait l'air de connaître ces vieilles chansons que je jouais.

— Elle n'a rien dit de spécial ?

— Non. Enfin... Juste que je devrais regarder les papiers qui sont là...

Myrtille haussa les épaules.

— On le fera après, ok ? J'ai faim. Je pense que nos mamans ont dressé la table du déjeuner dans le jardin… Tu viens ?

Austin regarda son amie. Elle était pimpante dans son petit ensemble. Elle avait dû faire un brin de toilette : elle sentait le gel douche fruité. Il consulta sa montre…

— Wahouuuuu. Il est déjà cette heure-là ?

Il fallait que lui aussi se rafraîchisse. Bref passage à la douche. Il remit un peu en place ses petits cheveux châtain foncé. Il changea de T-shirt et se dirigea vers le jardin.

9. Myrtille – Austin (3)

Il était déjà presque dix heures, en effet, quand les vacanciers se retrouvèrent tous autour de la table de jardin. L'ambiance était très chaleureuse. Austin et Myrtille étaient l'un à côté de l'autre : ils faisaient des messes basses, et de temps en temps éclataient de rire. Papou et Adam étaient l'un en face de l'autre : ils parlaient de leur « projet secret pour le dimanche suivant ». Cela n'avançait pas vite. Ils décidèrent de travailler plus méthodiquement : Adam avait un petit carnet dans lequel il notait scrupuleusement les indications et remarques de Papou. Mamou les regardait : elle aimait leur complicité et se disait qu'ils avaient l'un comme l'autre une écriture de cochon ! Adam, du temps où ils travaillaient ensemble, était amené à lui rendre des documents, de manière épisodique… et elle, malgré les bons yeux qu'elle avait à l'époque, éprouvait souvent de grosses difficultés à déchiffrer ce qu'il écrivait… Pareil pour Papou : elle se souvenait des premières lettres d'amour qu'il lui envoyait il y a… inutile de compter, c'était vraiment trop loin. Parfois, elle restait cinq minutes sur un mot indéchiffrable. Elle se rappelait d'un petit rectangle qu'il dessinait juste avant de signer. Il ajoutait une petite flèche en désignant le centre « j'ai déposé un baiser, là, fais pareil ». Elle trouvait ça romantique. Et c'est vrai que ça l'était. C'était l'été qui suivait leur rencontre. Adam avait… à peine six mois ! Elisabeth, Mary et Mamou parlaient chiffons et projetaient une après-midi shopping. Duncan et Marin, quant à eux, annoncèrent qu'ils prendraient les vélos et qu'ils iraient se promener jusqu'à Balazuc, un village à flanc de colline assez particulier. Les maisons du village en question dataient, pour certaines, du Moyen Âge…

C'était l'anniversaire de Duncan… Mamou et Mary avaient décidé de fêter l'événement dignement le soir ! Mais on n'en était pas là : chacun était pressé de se consacrer à ses projets. Adultes et ados se séparèrent donc. Austin et Myrtille se dirigèrent vers le grenier, Papou et Adam regagnèrent la bibliothèque, Duncan et Marin se mirent d'accord pour l'itinéraire qui leur permettrait de rejoindre ce fameux village. Les trois femmes, en catimini, en profiteraient pour préparer un souper royal, leur après-midi shopping étant simplement un alibi !

Suivons donc Austin et Myrtille. On se souvient qu'ils avaient plusieurs choses sur le feu : la lecture du petit livre *Frissons Nocturnes*, la préparation de leur concert, le nettoyage et le rangement du grenier. Ils décidèrent de commencer par refaire les quatre chansons sur lesquelles l'ado avait retravaillé le matin même. Il y en avait quatre autres, mais elles étaient plus simples au niveau de l'accompagnement, juste des accords, et cela demandait moins de préparation… La voix de Myrtille était légère et souple. Elle s'élevait très élégamment, sans être couverte par le piano d'Austin. Il était très attentif à équilibrer son jeu en fonction du volume de la chanteuse.

Après leur répétition, ils établirent un petit planning pour le travail à venir : les autres chansons étaient choisies, mais il fallait trouver la tessiture idéale et le ton dans lequel chanterait Myrtille. Ce fut fait rapidement. Austin imprima les grilles d'accords. Ils continueraient cela le lendemain.

La veille, quand ils avaient interrompu la lecture du petit livre à vingt-deux heures trente, ils étaient arrivés à la fin du chapitre « Rideau rouge ». Le suivant s'intitulait « Marine book-in ». Devaient-ils y voir une allusion quelconque ? Cela parlait d'un cadeau d'anniversaire que l'héroïne préparait pour son amoureux. Comme par hasard, celui-ci avait la même date d'anniversaire qu'Adam. Bon, on n'allait plus s'étonner de rien, au point où on en était. Elle était jolie, cette histoire… Elle commençait de manière étrange mais ensuite, cela parlait de shooting photo, d'un petit album rassemblant des clichés un peu osés de Marine. C'était très tendre, très doux, comme histoire. Cela mettait un peu l'eau à la bouche, mais cela n'avait rien de vulgaire ou de cru. Myrtille demanda à Austin si elle pouvait lire… Cela lui semblait tout à fait dans ses cordes et le jeune homme, pour mieux profiter de la voix de son amie, se lova dans un petit fauteuil et ferma les yeux.

Mai et juin 2018

Béa : *Hello ! Tu vas bien ? Quelque chose de prévu dans ton agenda le 6 mai ? Un petit concert sympa ?*

Adam contemplait le SMS qui venait de lui parvenir, un petit sourire aux lèvres. Dans une bouffée de plaisir, il se rappela cette nuit d'il y a quelques mois. C'était après un concert. Peu de temps auparavant, il avait fait la connaissance de Béa et de Téo. Eux aussi, ils étaient amateurs de jazz et de musiques un peu décalées ; pas trop connues, ou alors, réservées à des oreilles aguerries, aux sons rêches, aigres, aux voix traînantes et sensuelles… Comme ce concert se déroulait loin, ils avaient pris deux chambres pour ne pas avoir à se remettre en route de nuit.

Téo nourrissait clairement le projet de pouvoir regarder sa compagne dans les bras d'un autre homme. Leur choix, très conscient pour l'homme, mais beaucoup moins clair pour Béa, s'était porté sur Adam. Cependant, il s'était vite avéré que celui-ci aurait du mal à «assurer» niveau sexe. Son manque d'expérience ne faciliterait pas les choses même si, à présent, au contact de Marine, il s'était révélé très prometteur... Téo s'était donc contenté de regarder sa compagne contre quelqu'un qui était visiblement inexpérimenté. Il y avait eu quelques baisers, quelques gloussements pour Béa, quelques excitations de part et d'autre, mais les choses en étaient restées là. Se sentant vraiment attirée par Adam, la jeune femme aurait souhaité plus que tout le retrouver pour l'initier, mais l'occasion ne s'était pas représentée et là, à présent, la place était occupée par Marine. Adam se demandait si cette dernière...

— Alors, comme ça, vous avez failli vous exhiber devant ce gars, sa femme et toi?

C'était étrange, pour Myrtille de lire ce genre de... choses. Alors, ça existait, ce truc d'un homme qui aime voir sa femme dans les bras d'un autre? C'était tout aussi étrange, pour Austin, d'imaginer quelqu'un portant le prénom de son père en train de se donner en spectacle de cette manière. Déjà, lui, le jeune homme, il était pudique. Il savait que son père l'était aussi. Et là, ça parlait d'un Adam tout de même un peu... exhibitionniste, non? Du moins, un Adam à l'aise dans son corps, qui n'hésite pas à se montrer, enfin... C'était vraiment troublant.

Mais Myrtille continuait sa lecture. Elle aimait le personnage féminin de l'histoire, cette Marine. Elle semblait aimer Adam de manière particulière mais respectueuse et très douce, outre le fait qu'elle se soit attribué le rôle d'initiatrice…

Austin, assis dans son petit fauteuil, les yeux toujours clos, avait les paupières qui papillonnaient… Myrtille le voyait respirer plus profondément. Elle lui jetait des coups d'œil de temps en temps, quand elle tournait les pages du petit livre. Elle en vint à attendre ce moment où elle pourrait le regarder, percevoir son excitation de plus en plus manifeste. Elle n'avait jamais remarqué cela chez un autre garçon : c'était touchant. Elle ne s'arrêtait cependant pas de lire…

Elle arriva de cette manière à la fin du chapitre, un peu plus long que les autres. Il se terminait par une description des photos de Marine rassemblées dans ce petit album, de ses poses, de ses moues, de son corps et de l'excitation que tout cela provoquait du côté d'Adam qui gardait cependant toute sa retenue… Oui, c'est ce qui se passait du côté d'Adam. Il n'en était pas de même, par contre, pour Austin… Il n'osait pas s'effleurer mais dans son bermuda, une bosse était visible. Il était étrange que, finalement, ce chapitre qui soit plus soft au niveau de la situation que certains précédents, ait cet effet sur lui. Il était gêné. Il faut dire que Myrtille aussi. Elle se demandait quelle attitude elle devait avoir… De toute manière, il était pratiquement midi. On allait les appeler pour le dîner.

Avec lenteur, Myrtille se leva, rejoignit son ami, lui toucha tendrement l'épaule en lui chuchotant : « Ça t'a fait autant d'effet que ça, cette histoire ? » Austin ouvrit les yeux. Et comme la bouche de son amie était juste à côté de son oreille, il tourna la tête. Leurs lèvres, timidement, se cherchèrent, et avec énormément de douceur, il mordilla la lèvre supérieure de la jeune fille. Délicatement, si délicatement. Elle frissonna. Il était certain qu'elle aurait du mal à oublier ce premier baiser. À la limite de la morsure, mais si tendre, si gentil. Elle posa ses mains sur les joues du jeune homme pour l'encourager à poursuivre et leurs baisers furent un peu plus hardis.

— Oh, les musicos, vous descendez ?

Le charme fut rompu par la voix d'Adam. Myrtille et Austin se regardaient : ils avaient les joues rouges, les yeux un peu fiévreux. Ils se sentaient remplis d'une force et d'une assurance à toute épreuve.

— Bon, on ne va pas s'attarder…

— On prévoit quoi, cet après-midi ? Piscine, un peu ?

— Moi, ce que j'aimerais c'est ranger ici. Et puis, oui, ok, on ira faire un petit plongeon.

Ils descendirent au jardin. Tout le monde était déjà à table. Quand Mamou les vit arriver, elle remarqua les yeux vert écume d'Austin briller d'un éclat particulier et les joues de Myrtille plus roses que de nature. Elle se demanda si c'était le feu de leur travail qui avait provoqué une telle réaction, ou le fruit d'une de leurs découvertes. Elle était loin d'imaginer ce qui venait de se passer au grenier. Quoique… Elle eut un petit sourire, regarda Adam qui, lui aussi, avait remarqué le trouble des ados. Il était trop discret pour faire quoi que ce soit comme remarque mais la vieille dame était heureuse de la bienveillance de l'homme, cet homme sensible et droit, auquel elle tenait toujours autant…

12. Audacieux, mon audacieux

Elle et lui, une nuit d'avril il y a plus de quinze ans (flashback 5[4])

Ils avaient parcouru quelques centaines de mètres et puis s'étaient engouffrés dans la petite voiture grise de son ami. Cela faisait si longtemps qu'elle espérait un « vrai » rapprochement. Elle était éprise depuis des années. Et il lui était arrivé de mettre une pierre sur son cœur, de dépit. Mais ce soir-là, sans que rien ne pût présager de ce qui allait se passer plus tard...

Ils avaient parlé, juste après le concert. Il l'avait prise par la main. Elle avait cru qu'elle rêvait, que, comme une bulle de savon, la situation allait exploser. Et puis, non, leurs étreintes les avaient fait exploser.

De manière très hardie, il l'avait emmenée chez lui et ils avaient fait l'amour... généreusement. Lui, mettant tout en œuvre de ce que sa partenaire précédente lui avait appris. Elle, se servant de son amour pour lui pour inventer, imaginer des choses qu'elle se doutait excitantes, agréables et aussi et, surtout, capables de subjuguer n'importe quel homme. Ils avaient atteint plusieurs fois l'orgasme. Ils s'étaient quittés au petit matin, repus, heureux, mais sans espoir d'une quelconque... « redite ».

Non, c'était simplement quelque chose « hors du temps », magique, magnifique. Ils en avaient été éblouis,

---

4. L'histoire de cette nuit d'avril a été racontée dans *Ma chanson douce*.

mais avaient vu la situation comme quelque chose d'unique. Ils savaient très bien que ce serait juste *leur* nuit. Ils étaient trop pudiques pour en parler entre eux, et peu de gens étaient au courant de cette situation : elle, amoureuse de lui depuis plus de dix ans, mais de vingt-deux ans et demi son aînée… Pas banale, cette relation. Alors, ils se taisaient, ils s'étaient tus.

On ne pouvait pas dire que lui soit spécialement attiré par elle. Non, c'était plutôt une marque de confiance, quelque chose du genre : elle m'attend depuis longtemps, et je suis certain qu'elle ne cherchera pas à me démolir. Ce n'était pas comme s'il s'était dit : « On va lui donner ce qu'elle veut, style une aumône ». Il était clair qu'il ne partageait pas ses sentiments, mais un moment tendre, respectueux, doux, c'était toujours agréable, ça, il en était conscient et il le reconnaissait.

C'est donc l'un contre l'autre, l'un sur l'autre, et au final, l'un dans l'autre qu'ils avaient passé cette nuit extraordinaire.

Elle, elle avait gardé longtemps le goût de son intimité sur la langue. Quant à lui, la profusion de sensations était telle qu'il aurait été bien en peine d'avouer que quelqu'une pour qui il n'éprouvait pas réellement d'amour au sens où il l'entendait, lui avait donné autant de plaisir.

Ils s'étaient quittés au petit matin, les corps courbatus et repus, et plus jamais ils ne s'étaient laissés emporter par un tel séisme…

Son mari à elle avait été soulagé qu'« enfin, les choses se passent » ; il se disait qu'à présent, la situation se calmerait, qu'elle serait moins à cran, et puis, qu'elle finirait par l'oublier. C'était sans compter cet amour débordant qu'elle éprouvait pour cet autre que lui. Rien ne pourrait le faire disparaître. Mais bon, à présent, ce serait plus tranquille, moins exigeant… Elle était rentrée au petit matin, les yeux fiévreux. Elle n'avait rien raconté, juste : « On a passé la nuit ensemble, Adam et moi, et c'était magnifique… » Il n'avait pas posé de questions. Il savait que depuis tout ce temps, elle aimait cet homme passionnément, que c'était son « homme parfait », que la majorité des choses qu'elle faisait, c'était en rapport avec lui, qu'il était sa source d'inspiration bénie, autant pour ses écrits que pour ses chansons. Il s'était battu pendant des années contre l'ombre de ce monsieur, mais à présent, c'était terminé. Lui, par contre, il avait continué de l'aimer à sa manière : tendre, discrète, réconfortante.

La jeune amie d'Adam n'avait pas compris exactement ce qui se passait. Elle l'avait vu parler avec cette femme qui, aux dires de l'homme, lui… « courait après depuis des lustres », et puis, l'un comme l'autre avait disparu. Elle ne lui avait pas envoyé de SMS ni téléphoné pour savoir où il se trouvait. Elle s'était dit que si les choses avaient dû tourner autrement que ce que lui voulait, il l'aurait appelée au secours, ou du moins, il se serait manifesté pour qu'elle vienne mettre un peu d'ordre dans l'histoire. Mais non, il n'y avait rien eu de semblable. Il l'avait contactée au petit matin, quand il s'était retrouvé seul, complètement sous le choc de cette fameuse nuit :

Je préfère attendre pour te parler des détails… C'est quelque chose que, pour le moment, je ne comprends pas encore très bien. C'était une nuit hors du temps. Je n'ai pas bien suivi comment nous en sommes arrivés là mais sache que je t'aime toujours, que rien n'a changé entre nous deux, si ce n'est le fait que je voudrais te faire une demande… On se voit tout à l'heure ?

Bon dieu, que s'était-il passé pour qu'Adam soit aussi loquace : ce n'était pas dans ses habitudes… Et plus tard, quand ils se retrouvèrent, il lui avait demandé, les yeux brillants, si elle était d'accord pour qu'ils cherchent un appartement pour eux deux…

C'était… tacite, à présent. Cette nuit avait clôturé une quête qui durait depuis des années. Elle, celle d'être enfin reconnue par Adam, avec son âge, sa situation maritale et tout le reste. Lui, celle d'apporter comme une conclusion définitive à la situation. Oui, ils avaient été complices, mais c'était terminé, et cela ne reprendrait jamais.

Ils savaient que leurs yeux seraient différents, s'ils devaient se croiser à nouveau. Mais les choses n'iraient plus dans ce sens ardent, passionné.

Ils étaient soulagés, heureux du plaisir qu'ils s'étaient donné. Souvent, une nuit pareille est le point de départ d'une aventure et d'un bout de chemin ensemble. Dans leur cas, c'était le contraire : c'était l'aboutissement de plus de dix ans de oui -non, d'allers-retours. C'était un passage obligé pour que l'un comme l'autre puisse décider de l'orientation de sa vie future.

La nouvelle d'Adam – au mois de juillet suivant (flashback 6)

Elle contemplait l'écran de son GSM. Elle n'avait plus eu de nouvelles d'Adam depuis cette fameuse nuit d'avril.

Libres ton mari et toi samedi prochain pour un souper ? On a quelque chose à vous annoncer, Mary et moi... Adam.

Promptement, elle répondit :

Chez vous ? Chez nous ? Oui, bien sûr : tu sais que tu peux compter sur nous...

Elle reçut confirmation :

On dit 19 h ? Notre nouvelle adresse, c'est 52, Avenue de Mars, à Woluwe. Au-dessus d'une librairie.

Elle envoya un dernier SMS :

On sera là. On apporte le vin et le dessert... À samedi.

C'est donc le quinze juillet à dix-neuf heures qu'ils se retrouvèrent, elle et son mari, devant l'immeuble qui faisait le coin et qui, de fait, était une librairie. Elle avait le cœur battant. D'un côté, elle pensait deviner quelle était cette chose qu'Adam et Mary voulaient leur annoncer. Ce serait sans doute éprouvant, mais bon, elle n'était plus une petite fille et elle espérait pouvoir gérer la situation sans trop de larmes... D'un autre côté, elle était touchée de la démarche du jeune homme. Elle savait qu'elle n'avait pas une vraie place dans son cœur, du moins, pas la place qu'elle aurait souhaitée.

Ils avaient donc prévu du Saint-Julien et de la mousse au chocolat... Incontournables, n'est-ce pas !

Adam vint leur ouvrir la porte, sourit en voyant le vin et le dessert : tant de souvenirs lui revenaient en tête... Ensuite, il les fit passer devant lui.

— C'est au premier étage.

Un vrai petit nid d'amour, arrangé avec soin. Pas clinquant, pas girly non plus. Non, de la simplicité, du fonctionnel. C'était à leur image de couple moderne et tranquille.

Mary demanda si le vin était pour tout de suite et comme c'était le cas, la bouteille fut débouchée rapidement. Les verrines de mousse au chocolat, quant à elles, furent mises au frigo en attendant la fin du repas.

Sur une table basse, un plateau d'apéritifs avec des crudités, de la sauce à la ricotta et des cacahuètes. Quatre verres. Adam proposa de l'alcool. Seuls son invitée et lui prirent un cocktail. Les deux autres convives se contentèrent de jus d'orange et de jus de tomates.

Quelle était donc cette chose dont le couple souhaitait les mettre au courant ? Ils devisaient tous les quatre gentiment. Et puis, comme une bombe, Adam lança :

— Dites, vous êtes libres le 24 septembre prochain ?

Le couple plus âgé se regarda, l'air interrogatif. Non, il n'y avait rien de prévu, à leur connaissance… Les fêtes de Wallonie étaient terminées, le monsieur ne serait plus réquisitionné par telle ou telle organisation pour jouer au reporter-photo. La rentrée scolaire de son épouse avait lieu la semaine suivante, seulement. Tout semblait bien s'arranger…

— On aurait besoin d'un photographe pro pour notre… mariage…

Elle n'avait pas cillé, ou peut-être, oui, mais si peu… Elle avait senti les larmes gonfler ses yeux et des sanglots serrer sa gorge. Oui, bien sûr, elle n'était pas idiote. Elle savait bien qu'un jour ou l'autre, Adam et Mary se marieraient, et elle était flattée qu'ils aient pensé à son mari à elle pour faire les photos de l'occasion. Mais c'était tout de même, dans le fond, quelque chose qu'elle redoutait énormément.

— Mary a vu les albums dont tu m'as fait cadeau, tu te souviens ? Elle est emballée par le truc, et elle aimerait que tu en fasses un du style avec les photos de notre mariage. Tu serais d'accord ?

Bien sûr qu'elle était d'accord. Jamais elle ne pourrait rien refuser à Adam, ni même à sa future épouse, d'ailleurs. Elle les regardait tous les deux. Elle lisait le bonheur dans leurs yeux et cela lui fit chaud au cœur. Comme elle enviait la jeune femme… Et puis, très vite, elle chassa cette idée de regretter la place qu'elle avait dans la vie de l'homme et se tourna vers son mari… Celui-ci eut un petit sourire complice et hocha la tête lentement.

— Oui, c'est d'accord, Adam… bien sûr…

— Et on a autre chose à te demander, plus spécialement à toi, dit Mary en posant la main sur son ventre. On attend un heureux événement pour janvier prochain et on aimerait que tu sois la marraine de notre bébé… Tu veux bien ?

Et là, la future marraine fondit en larmes. Il y avait des souvenirs nostalgiques de toute cette période où elle était si amoureuse d'Adam, et puis celui de cette nuit magique, et maintenant, Mary et Adam qui avaient décidé de les inclure son mari et elle dans leur… avenir. S'ils proposaient une chose pareille, c'est qu'ils étaient d'accord pour ne pas couper les ponts avec le couple plus âgé. Et à cela, elle était très sensible.

— Oh oui, Mary… Oui, que je suis d'accord. Ça me fait un plaisir, tu n'imagines pas…

Elle se voyait déjà passer du temps avec cet enfant et ses petites-filles à elle, à cuisiner, à raconter des histoires, à écouter et faire de la musique… Il n'y avait pas que de la nostalgie dans ses larmes. Il y avait aussi tout cet amour qu'elle avait envie de donner au fruit de l'union d'Adam et de Mary. Et surtout, elle s'émouvait de la confiance et de la place que le jeune couple leur faisait dans leur vie à eux. Elle était touchée, excessivement touchée.

C'était vraiment une grande bouffée d'émotions, tout cela…

Le souper se termina « magistralement » avec les verrines de mousse au chocolat. Les convives, une fois les troubles un peu passés, avaient recommencé à parler. Les hommes de photos, les femmes des préparatifs du mariage et de la future naissance. Mary avait déjà bien réfléchi à la manière dont elle voulait que les choses se passent. Elle était déterminée et cela fit plaisir à son invitée de la sentir aussi réfléchie et engagée dans sa vie commune avec Adam. Elle se sentait en paix. Elle n'aurait pas été aussi sereine si la jeune femme avait eu l'air moins sûre d'elle. Là, elle la sentait mûre, résolue. Cela la conforta dans l'idée qu'Adam avait trouvé quelqu'un lui convenant. Ce n'était pas une pipelette un peu fofolle, plutôt quelqu'un de posé, qui laissait à l'homme le temps d'être lui-même… C'était ce qui était important…

13. Myrtille – Austin (4)

Après le déjeuner, Myrtille et Austin remontèrent au grenier. La tâche de grand nettoyage n'était pas terminée du tout. Ils procéderaient d'une autre manière... Il y avait tant de choses à découvrir encore, ils en étaient sûrs l'un comme l'autre. Et puis, à présent, ils feraient peut-être autre chose que nettoyer et ranger...

Myrtille alla demander un bac Curver à Mamou « pour ranger les choses précieuses ». Mamou lui fit un petit clin d'œil.

— Surtout, garde ces choses précieuses dans ton cœur, ma jolie...

Elles se firent un sourire complice. Alors, Mamou avait-elle deviné qu'elle et Austin... ?

Austin accueillit son amie avec excitation : il venait de tomber sur des photos on ne peut plus étranges. Il y reconnaissait Elisabeth, pas mal plus jeune, Mamou aussi, son père et un des oncles de Myrtille. C'était des clichés noir et blanc. Il y en avait une petite dizaine, format A4. Les contours étaient flous, les corps et les visages semblaient déformés. Mis à part Elisabeth, les autres jouaient d'un instrument : piano, sax, basse. Ils n'avaient pas l'air de faire semblant, non, c'était réaliste. On aurait dit des musiciens saisis dans une action étirée.

— Oh, je connais cette photo, dit Myrtille en désignant celle d'Elisabeth.

Celle-ci portait une robe foncée. Elle avait les cheveux longs tirés en arrière. Elle était bien plus forte que maintenant et elle avait la bouche ouverte face à un micro.

— C'est bien ta maman, non ?

— Oui, oui. C'était pour un examen, je pense. Un examen de photo que Papou a fait avant que je naisse, avant que mes parents se marient, même, je pense.

— C'est bizarre, tout de même, l'effet, non ?

— C'est une technique pas souvent utilisée. Papou avait présenté une série de photos dans cette idée-là. Il y avait même eu un enregistrement d'une chanson mais je ne sais plus vraiment de quoi il s'agit…

— Tu pourrais poser la question à ton grand-père ?

— Oui, si tu veux…

— … Parce que je te signale tout de même que mon père, il est… là, fit Austin en mettant le doigt sur une photo d'Adam.

Myrtille sourit. Oui, c'était vrai. Elle n'avait pas fait vraiment attention. Elle avait juste reconnu les gens de sa famille. C'est vrai que le papa d'Austin avait une certaine dégaine. Son visage était un peu flou, mais il inspirait le calme, la sérénité. C'était un beau portrait. Étrange mais intéressant. Dans son attitude, et cela même s'il ne jouait pas du même instrument, il y avait cette aisance, ces épaules ouvertes, accueillantes. Il était vraiment pas mal, Adam, à l'époque. Et Austin, même s'il n'avait pas encore vingt ans, il deviendrait sans doute comme son père : protecteur et tendre.

Austin rassembla les photos que les ados venaient de regarder et les mit dans le bac Curver que Myrtille avait ramené. Elle y déposa, quant à elle, le petit livre *Frissons Nocturnes*, la pochette en plastique avec les prospectus montrant la maison des grands-parents d'Austin et d'autres choses qu'ils avaient encore à découvrir : d'autres pochettes en plastique contenant des papiers, une *set-list*, un plan de scène…

Myrtille reprit ses rangements. C'était à présent Austin qui balayait ! Il commença, sans y penser, à fredonner quelque chose. Puis, sans s'en rendre compte, des paroles franchirent ses lèvres. Ça parlait de poussière…, de s'envoyer en l'air… Il avait une jolie voix, pas vraiment grave mais bien posée et bien timbrée. C'était une simple mélopée sans véritable mélodie. Parfois, il y avait des trous dans les mots. Il ne se préoccupait pas de cela, cela ne perturbait absolument pas la poursuite de sa chanson… Et puis, sans s'arrêter de balayer, il passa à une autre chanson. Celle-ci avait une ligne mélodique. Elle parlait d'un oiseau…

La voix du jeune homme fut rejointe par celle de son amie… Et quand ils arrivèrent à la fin de la chanson, ils se regardèrent, troublés. Mais comment connaissaient-ils ce truc tous les deux ? Ce n'était pas le genre de ce qui passait à la radio… Myrtille se souvenait que Mamou chantait ça, de temps en temps : une histoire d'oiseau qui plane, d'une Anna qui soupire. Elle avait toujours les yeux fermés quand cela arrivait, Mamou. Par contre, Austin, il ne se rappelait pas que son père ou sa mère ait chanté ça devant lui, mais c'était une musique qui passait de temps en temps sur la chaîne Hifi familiale quand ils étaient en train de lire, au salon, ou de jouer aux cartes. Il y avait l'autre chanson, celle de la poussière, qu'il avait fredonnée, qui était juste avant celle de l'oiseau sur le CD. Et c'est comme ça que, tout naturellement, il avait enchaîné avec la chanson de l'oiseau. D'où cela pouvait-il bien venir ? Myrtille poserait la question à Mamou : elle devrait pouvoir y répondre, bien plus que sa mère ou quiconque d'autre…

Dans le tri, Myrtille mit de côté quelques feuilles à portées et grilles d'accords. Ils les examineraient ensuite. Austin avait une mèche de cheveux qui lui tombait sur le front et qui, avec le cœur qu'il mettait à ses balayages, était mouillée de transpiration. Myrtille le regardait. Elle était attendrie par le front moite de son ami. Elle s'arrêta de triturer les vieux papiers et le rejoignit. Très gentiment, elle lui prit le balai des mains et le mit contre le mur qui leur faisait face.

— On a bien droit à une petite pause, tu ne penses pas ? lui dit-elle, les yeux brillants.

Austin était très étonné. Elle était tout de même hardie, sa « cousine ». Elle avait pris les mains d'Austin entre les siennes et les avait posées de part et d'autre de sa taille fine mais pas vraiment marquée. Le jeune homme était un peu perdu mais il se laissa embarquer dans l'élan de Myrtille. Il rapprocha même ses mains l'une de l'autre dans le dos de la jeune fille, l'enserrant un peu plus intimement. Elles se touchaient à présent, ses mains. Myrtille leva les yeux vers les siens. Il y avait tant de douceur, d'éblouissement dans leurs regards que cela le fit chanceler un peu. Ils se regardèrent durant quelques instants, cherchant à deviner ce dont l'autre avait envie, ce qu'il attendait… Et puis, l'adolescent, avec beaucoup de délicatesse, chercha la bouche de son amie et recommença à jouer avec ses lèvres : des effleurements, des petits baisers, des suçotements. Sa langue chercha celle de Myrtille. Ballet délicieux. Échange de fluides. Ils étaient perdus tous deux dans ce plaisir, sentant naître au creux de leur ventre des sensations papillonnantes. Ce n'était pas la première fois que cela leur arrivait, mais la nouveauté était qu'aujourd'hui, c'était avec « quelqu'un ». Jusqu'ici, oui, ils avaient ressenti des frétillements, mais aujourd'hui, ils étaient à deux et c'était leur étreinte et leurs baisers qui provoquaient la chose. Ils continuaient de s'embrasser, tendrement, si tendrement. Les mains, insensiblement, avaient changé de place. La gauche d'Austin était à présent dans le bas du dos de Myrtille et la plaquait contre lui. Les bras de la jeune fille étaient autour du cou de son ami. Même si l'excitation commençait vraiment de les envelopper, ils ne voulaient pas aller trop vite. C'est dans les histoires qu'on se jette l'un sur l'autre comme ça, sans préavis, après un regard un peu engageant. Ici, on était dans la vraie vie. Et même s'ils avaient envie de choses plus osées, ils n'avaient aucune expérience… Inutile que ce soit raté, ou bâclé, simplement parce qu'ils étaient… ignorants. Et puis, l'ignorance, ça peut disparaître : il suffit de s'informer et de le faire consciencieusement… ensuite, il ne reste plus qu'à… tester… Mais étaient-ils prêts à passer le cap ?

Mamou, sans faire de bruit, avait gravi les dernières marches qui menaient au grenier. Elle avait cette faculté d'être silencieuse… Elle se rappelait que quand ses fils étaient encore des enfants, Papou leur ordonnait, quand ils montaient les escaliers à toute allure et que cela faisait un boucan d'enfer, de refaire le même trajet au moins trois fois sans faire de bruit… Ce souvenir lui dessina un petit sourire au coin des lèvres. Ce qui le fit s'élargir, ce sourire, c'est de trouver Austin et Myrtille dans les bras l'un de l'autre, à s'embrasser. Sa petite-fille avait un visage lumineux, et son filleul une tendresse dans l'étreinte qu'elle reconnaissait sans peine. Elle se sentit perdre une quinzaine d'années et tout lui revint d'un coup : la « promenade en voiture », le canapé trop étroit, la macédoine de fruits partagée, et puis, et surtout, les embouchages, les frictions, les caresses, et pour terminer, les mots d'Adam quand ils avaient fini par jouir l'un dans l'autre après pratiquement six heures de « préliminaires » pas si préliminaires que ça, d'ailleurs… Ses yeux se voilèrent de larmes… Il était temps pour elle de laisser les amoureux à deux. Ce qu'elle devait retenir, c'était combien ils semblaient heureux d'être ensemble, son filleul et sa petite-fille, et ne plus trop penser au passé.

Elle redescendit donc à pas de loups sans qu'ils se soient aperçus qu'à un moment, ils n'étaient plus seuls.

14. Fin de journée d'anniversaire

Durant une bonne partie de l'après-midi, Mamou avait été aux fourneaux. Elisabeth et Mary l'avaient rejointe après le goûter. Elles avaient profité de l'absence de Marin et Duncan pour préparer un bon souper pour l'anniversaire de ce dernier.

Papou et Adam avaient à nouveau passé la journée à l'ombre. Ils étaient en train de préparer une surprise dans leur coin. Ce serait aussi pour la veille du retour d'Adam et de sa famille à Londres. Cela promettait d'être mémorable.

Il était pratiquement le moment de souper. Austin et Myrtille étaient redescendus du grenier : ils avaient rejoué une ou deux fois leur set qui lentement prenait forme et puis étaient allés se doucher.

Ce soir, comme on fêtait l'anniversaire de Duncan, il serait le héros de la soirée. C'était lui qui avait choisi le menu. Il avait parlé à Mamou de quelque chose que son père avait évoqué en se léchant les babines : des lasagnes... Mais, spéciales, les lasagnes. Mary n'avait jamais vraiment réussi à reproduire ce plat. Il demandait du temps. La viande était remplacée par du saumon. Tout le plaisir gustatif résidait dans le mélange saumon cuit et saumon fumé. Il y avait aussi du coulis de tomates fraîches à préparer ainsi que de la béchamel « sans grumeaux ». Des années auparavant, Adam avait suggéré à son épouse de demander la recette à Mamou, tant la fois où il en avait mangé chez cette dernière était un souvenir très gourmand. Malheureusement, la jeune femme n'était jamais arrivée à retrouver ce goût particulier… Il lui était arrivé, à Adam, d'évoquer plusieurs fois ce plat devant ses fils. Et Duncan était curieux de goûter à « cette tuerie » !

Le plat de lasagnes trônait donc sur la table…

Mamou et Adam se regardaient. Elle se souvenait si bien de cette soirée d'août, la veille d'un de ses anniversaires à elle, où elle avait préparé cela, et où les hommes attablés, Papou et Adam, s'étaient régalés.

Ce soir-là, au dessert, évidemment, ils apprécièrent le gâteau à trois étages que Mamou avait préparé. C'était Marin qui avait été chargé de le décorer : des copeaux de chocolat, un joli dessin au sucre impalpable sur le dessus et l'écriture au « crayon-sucre » de *Happy Birthday, Duncan*. Pas de bougies.

Ils se sentaient un peu lourds, après ce festin. Et plusieurs décidèrent d'aller faire une petite promenade digestive. Myrtille proposa à Mamou de l'aider à débarrasser. Elle avait des questions à lui poser, et pas mal de choses à éclaircir…

— Oh, c'est gentil, Myrtille, de pouvoir compter sur toi. Mais raconte-moi un peu comment les choses se passent. On dirait qu'Austin et toi vous vous entendez bien…

Ah non, ce n'était pas dans ce sens-là que les questions devaient être posées. C'était Myrtille qui voulait tirer les vers du nez de sa grand-mère, et pas le contraire. C'était elle qui se sentait piégée. Il fallait que cela s'arrête immédiatement.

— Justement, oui, on s'entend bien. On travaille bien pour le concert de dimanche. Et on nettoie le grenier : t'as vu comme on a bien avancé ?

La jeune fille se dit qu'en contrant directement Mamou, cela l'obligerait à lui expliquer certaines choses. Sinon, ce serait elle, Myrtille, qui passerait au grill.

— Oui, j'ai jeté un coup d'œil ce matin. C'est vrai que vous avez bien travaillé. Vous faut-il un coup de main pour quelque chose ?

Myrtille se mordit les lèvres. Oserait-elle se lancer dans des questions qui obligeraient la sexagénaire à se dévoiler un peu ?

— Oui, Mamou, je voudrais un coup de main pour quelque chose…

L'aïeule s'arrêta de ranger les assiettes sales dans le lave-vaisselle. Le ton de sa petite-fille l'avait interloquée…

— Dis-moi…

— Avec Austin, on a découvert un tas de choses… « troublantes ». Alors, on se pose des questions. Et je crois qu'il n'y a que toi qui pourrais nous donner des explications. Tu veux bien ?

Mamou sourit tristement.

— Vas-y, ma petite fille, je t'écoute…

— Alors, voilà, d'abord, on a trouvé des photos bizarres…

— Bizarres… comment ?

— Ben, de toi, de maman, de tonton et du papa d'Austin.

— Elles ressemblaient à quoi, ces photos ?

— Elles étaient floues, en noir et blanc. C'était bien pour un examen de Papou, non ? Parce qu'on se demandait ce qu'elles faisaient là et pourquoi des photos pas nettes ne s'étaient pas retrouvées à la poubelle…

— Pour ça, tu devrais interroger ton grand-père : il te donnera une bien meilleure réponse que je ne le ferais.

— Tu penses qu'il me répondra ? Il ne sera pas fâché ?

— Mais non, enfin… Autre chose ?

— Il y a un petit livre aussi. Il s'appelle *Frissons Nocturnes*. Ça raconte une histoire dont le héros porte le nom du papa d'Austin, et puis, il y a un Simon, on dirait quelqu'un que ses parents connaissent. Et… il est un peu… chaud, ce bouquin. On a commencé de le lire avec Austin…

Mamou eut un petit sourire ravi.

— Vous êtes donc tombés sur ce premier de mes petits romans ? Enfin, je veux dire, le premier qui a été publié autre part que sur internet !

— C'est toi qui as écrit ça ?

Myrtille avait les yeux écarquillés d'étonnement. Elle n'avait jamais imaginé une chose pareille. Donc, Mamou, si droite, avec ses valeurs bien trempées et apparemment très dignes et très sages, s'était essayée à la littérature érotique ?

— Ta maman ne t'a sans doute jamais parlé de mes « petites folies »…

— Non, je ne… pense pas…

— Elle est un peu gênée par tout ça. Parce que ça parle de sexe et qu'elle doit s'imaginer que ce n'est pas une chose qu'on expose sur la place publique…

— Alors, c'est toi « Bleue » ?

— Oui, c'est moi, Bleue. C'était mon nom de plume, et aussi celui sous lequel j'ai fait quelques concerts quand ta maman avait une vingtaine d'années.

— Et ton inspiration, c'est… le papa d'Austin ?

Myrtille avait lâché sa dernière question à voix basse, très basse. Elle avait un peu peur de la réaction de sa grand-mère…

Mamou la regarda tendrement. Comme elle se reconnaissait en elle : son énergie, sa volonté de tout comprendre, de tout expliquer, et puis, physiquement aussi. On aurait dit que « cela avait sauté une génération », comme on dit. Elles avaient les mêmes yeux curieux, le même appétit de vivre, les mêmes élans. Elles se sentaient souvent sur la même longueur d'onde. Elles étaient faites du même bois.

Dans un soupir, Mamou répondit à Myrtille tout aussi sourdement

— Oui, mon inspiration, c'est Adam. Quelque chose d'unique nous a reliés pendant de nombreuses années, tu sais…

Myrtille était médusée. Jamais ses parents ne lui avaient parlé de ça. Étaient-ils au courant ? Oui, certainement… Ainsi, il s'était passé « quelque chose » entre le papa d'Austin et Mamou… Elle sentait que les questions devaient s'arrêter. Mamou était très, très émue. Elle gardait les lèvres serrées comme pour empêcher un lourd secret de les franchir. Elle avait plein de larmes dans les yeux.

Myrtille s'approcha de sa grand-mère, et celle-ci la prit dans ses bras. Et puis, la jeune fille sentit le corps de Mamou se laisser aller, complètement. Elle était secouée par des sanglots, de longs sanglots. Elle n'avait pas imaginé que la dame âgée avait une sensibilité autant « à fleur de peau ». Était-ce son âge qui faisait cela ? Ce qui s'était passé entre elle et Adam des années auparavant ? Était-elle toujours… amoureuse de lui ? Parce que oui, c'était cela, Mamou aimait le papa d'Austin ou, du moins, l'avait aimé passionnément.

— Tu sais, ma Myrtille, si je devais tout te raconter, cela prendrait certainement la fin de votre semaine de vacances ici. Tu es encore un peu jeune, je pense, pour entendre tout cela. Mais sache que oui, depuis des années, ma vie est bâtie autour de mon amour pour Adam. Papou est au courant, bien sûr. Mais il a la compréhension de ce sentiment. Et d'ailleurs, tu vois comme il s'entend bien avec le papa d'Austin ?

Myrtille sourit ; oui, elle avait remarqué cette entente un peu spéciale.

— Alors, n'en parle pas trop à Austin, je ne voudrais pas qu'il soit… choqué. Nous, on est des femmes. On n'a pas toujours la tête sur les épaules, et parfois, on est capables de la perdre un peu, non ?

Mamou fit un clin d'œil à l'adolescente. La jeune fille était fière de la confiance que sa grand-mère lui accordait. Les larmes s'étaient calmées. Elles se regardaient toutes les deux, émues, tout de même, de partager ce « beau secret ».

15. Deuxième nuit sous la tente

Myrtille avait déjà rejoint la tente. Elle était allée chercher une grande couverture supplémentaire. Elle avait mis un pyjama-short bleu clair et une polaire de la même couleur. Des chaussettes aussi. Ce n'était pas très élégant, mais au moins, elle n'aurait pas froid. Elle s'était glissée dans le sac de couchage et attendait Austin en continuant la lecture de *Frissons Nocturnes*. Les confidences de Mamou l'avaient vraiment troublée.

Elle commença par lire le chapitre suivant « Les mots et leurs liaisons ». Et puis, elle changea d'idée… Elle reprit un des premiers épisodes, celui qui parle d'initiation. Cela mettait en scène Marine, avec Adam. Elle se demandait, après avoir entendu Mamou, si cette Marine existait ou pas. C'était un peu confus. Mamou lui avait dit que son nom de plume, c'était Bleue. Mais elle n'avait pas été lectrice sur une radio, ça, l'adolescente en était certaine… Alors…

Enfin, là n'était pas vraiment la question… Mieux valait tâcher de s'inspirer de la manière dont Marine déridait Adam et la manière dont elle faisait de lui son amant.

— Alors, coquine, on continue de lire sans moi ?

La jolie silhouette élancée d'Austin se découpa dans l'entrée de la tente.

— Non, non, je ne fais que relire le début… Pas de panique…

— Tu as… appris des choses ?

— Ouais, pas mal. Mais tu sais, ce sont des secrets de Mamou. Je préfère ne pas tout te raconter… Par contre, on devrait aller voir Papou demain tous les deux. On aura des explications pour les « drôles de photos ».

— Ah oui ?

— C'est sûr.

— Bon, on fait quoi ? On dort tout de suite ? Il n'est pas encore vingt-deux heures trente…

Myrtille lança un petit coup d'œil coquin à Austin.

— Tu ne penses pas qu'on a autre chose à faire ?

Le jeune homme se mordit la lèvre inférieure et ses yeux écume brillèrent. Avec rapidité, il se défit de ses sandales et de son pull et, sans aucune hésitation, se coucha près de son amie et lui attrapa la main. Il y déposa des baisers gentils et délicats.

— Tu peux t'occuper de ma bouche, tu sais…

Encouragé, il reprit ses léchages, ses morsures, et c'est tout naturellement que le ballet de leurs langues reprit. Myrtille était plus entreprenante, à présent. Elle glissait ses doigts dans les petits cheveux châtain foncé du jeune homme, et lui, un peu excité par la manœuvre, fit pareil. Il jouait avec les petites boucles qui encadraient le joli visage de son amie. Cela dura un certain temps. Austin s'était rapproché. Il avait posé la tête sur le haut du buste de Myrtille. Celle-ci continuait de passer ses doigts sans la chevelure de l'adolescent. Elle réfléchissait tout haut.

— On devrait relire ensemble l'histoire de l'« Initiation savoureuse », non ?

— Tu sais, je pense qu'on aurait tort de se précipiter. On peut lire, oui, mais pas faire tout ce qui est raconté…

— Ça te fait un peu peur ?

— Oui, j'avoue… Et puis, cette Marine, elle a l'air de vraiment s'y connaître en histoires de sexe. Et nous, on est vraiment des ignares.

— Oui, c'est vrai. Moi non plus, je n'ai pas envie qu'on aille trop vite. Les héros, ils sont tout de même bien plus âgés que nous…

— Tiens, Mamou ne t'a pas demandé de lui rendre le livre ? Elle était d'accord qu'on le lise ?

— Elle ne m'a pas parlé de ça. Tu sais, mine de rien, elle est bien moins coincée que maman. Et puis, je pense que d'une certaine manière, elle aimerait bien que… toi et moi… on…. Enfin, tu vois ?

Austin voyait parfaitement. Il avait saisi une partie infime du secret sans que Myrtille n'en parle réellement. Il y avait certainement eu quelque chose de fougueux entre son père et la grand-mère de la jeune fille. Et visiblement, Mamou était toujours très attachée à Adam. Il suffisait parfois que l'adolescent surprenne l'un ou l'autre regard. Il se souvenait à présent de certaines choses qui s'étaient passées à la maison, à Londres, et qui lui semblaient incompréhensibles sur le moment. Il y avait des détails qu'il confrontait, et à présent, la lumière se faisait. Il regarda Myrtille.

— Oui, nous allons prendre notre temps. On va continuer de préparer le concert de dimanche. On a encore quelques jours pour ça. On va tous les épater avec nos chansons et puis j'irai trouver papa. Je pense que Papou et lui avaient prévu quelque chose aussi…

Ils s'endormirent avec plein de projets en tête pour ce moment qu'ils préparaient avec feu. La nuit leur fut bénéfique. Il était presque neuf heures quand ils s'éveillèrent.

16. J - 3

Il ne leur restait plus beaucoup de temps, à présent, pour préparer le concert, terminer de ranger et nettoyer le grenier. Ils devaient en outre aller voir Papou et Adam pour fixer la manière dont la soirée de dimanche s'organiserait.

Myrtille tâchait de ne pas trop penser au jour où Austin et sa famille repartiraient à Londres. Cela lui donnait le cafard, même si elle savait que le jeune homme et elle se verraient encore…

Tout d'abord, après le déjeuner, ils demandèrent à Papou s'ils pouvaient le… « déranger » un peu. Ils voulaient parler avec lui du concert.

— Je vous écoute…

C'est Austin qui s'y colla :

— On voudrait savoir si vous avez prévu quelque chose de spécial avec papa…

— Mais oui ! Tu veux un indice ou je garde ma langue ?

— Je ne sais pas trop. C'est pour se faire une idée de comment on doit installer le piano… Mamou m'a dit qu'elle avait fait appel à un accordeur de la région : ça vaut mieux parce que depuis le temps que l'instrument est un peu à l'abandon…

Papou sourit. Effectivement, Austin avait raison, le piano ne sonnait plus trop juste. La pédale de droite grinçait et il y avait des notes complètement sourdes dans l'aigu. Quant au grave, il méritait d'être plus profond.

— Myrtille aura un micro pour chanter ? continua Austin.

— Ça, il faudrait que tu demandes à ton papa. Il peut venir vous rendre une petite visite pendant une de vos répètes pour vous indiquer tout ça.

— Ok. Et puis, on aurait voulu savoir aussi s'il y aurait autre chose que nos chansons, genre de la musique d'autres, papa et... Mamou, par exemple...

Papou plissa les yeux.

— Il me semble que tu es bien curieux, mon ami !

— ... C'est... un peu déplacé ?

— Non, pas vraiment. Je te taquinais. Mais oui, je pense que Mamou serait heureuse qu'elle et ton père fassent quelque chose ensemble, comme au bon vieux temps. Je ne lui ai pas encore posé la question. Je te dis quoi ce soir ou demain matin... Tu pourras attendre jusque-là ?

Austin n'était pas beaucoup plus avancé. De plus, il avait un peu été refroidi par les taquineries de Papou. Il ne savait visiblement pas y faire pour que le grand-père de Myrtille soit plus précis dans ses réponses...

— Je peux savoir de quoi vous avez besoin pour votre projet à papa et toi ?

— Juste un écran de projection. Mais ça peut être un drap blanc, pas besoin de chipoter... Et puis, j'ai mon kit pour studio photo : ça devrait faire l'affaire. Demande à Mamou qu'elle vous aide. Elle a l'habitude du matériel. Elle te montrera comment faire.

Bon, ça, c'était déjà plus précis comme indication.

— Et pour les musiques de mon père, il faut prévoir combien de temps ? Ils ont besoin de répéter avec Mamou, tu penses ?

— Oui, un peu. Tu sais, dans le temps, il leur arrivait régulièrement de travailler ensemble. Même si c'était il y a un moment, je pense qu'ils retrouveront vite leurs marques... Mais surtout, ne te fais pas de soucis : je vais trouver Mamou et je te dis quoi dès ce soir, c'est promis...

Myrtille et Austin auraient donc le loisir de travailler tranquillement toute la journée, de continuer les rangements, qui étaient presque finis d'ailleurs, et enfin, de nettoyer ce qui devait encore l'être. Le grenier était une vaste pièce avec des petits recoins et des cachettes. Après le balayage et le passage d'un torchon, il fallait prévoir assez de sièges pour tout ce petit monde. Alexandre, le père de Myrtille, arrivait samedi. Il y aurait donc dix personnes à « asseoir ». Adam s'occuperait d'un éventuel micro pour Myrtille : il y aurait des câbles à installer, et il était plus intelligent de le faire avant de répartir les chaises et autres fauteuils ou tabourets. Alexandre en ramènerait si c'était nécessaire.

***

C'est donc vers quinze heures qu'Adam débarqua au grenier.

— Alors, c'est ici que les choses se passent ? dit-il en jetant un coup d'œil circulaire à la pièce. Je peux vous demander de me faire entendre quelque chose ? D'abord, une chanson avec peu de notes au piano. Ensuite, une autre avec... beaucoup de notes... C'est simplement pour que je puisse me faire une idée du volume que la voix doit avoir par rapport au piano. Vous voyez ?

Bien sûr qu'ils voyaient. Ils commencèrent par *Because*. L'accompagnement était sobre, juste des petits arpèges. La voix de Myrtille s'éleva, pas très assurée, dans un premier temps. Adam avait les yeux fermés... Elle prit sur elle et se dit qu'au final, c'était ce qu'il entendait qui déterminerait la manière dont sa voix allait être amplifiée et qu'il était important qu'elle soit plus franche…

Adam avait toujours les paupières closes.

Because the world is round it turns me on
Because the world is round…

La voix très douce mais un peu timide de la jeune fille s'éleva. Elle avait la gorge nouée. Ce n'était pas souvent qu'elle chantait en public. D'habitude, elle fredonnait gentiment, seule, mais ici, elle devait « montrer ce que sa voix valait »… Valait-elle quelque chose, d'ailleurs ?

Because the wind is high it blows my mind
Because the wind is high…

Certaines intonations de Myrtille ramenaient Adam à des temps révolus. Non, elle n'avait pas le timbre particulier de Mamou qu'il connaissait si bien… Par contre, cette manière d'articuler certaines consonnes, ça, c'était la manière de chanter de sa grand-mère.

Austin jeta un coup d'œil encourageant à la jeune chanteuse. Celle-ci semblait tellement peu sûre d'elle. Bien sûr, elle avait une jolie voix de petit oiseau fragile. Mais justement, il ne fallait pas qu'elle le soit trop, fragile.

Love is all, love is new
Love is all, love is you

Myrtille pensait à ce qu'elle chantait : « L'amour, c'est tout, l'amour, c'est nouveau, l'amour, c'est toi ». Et là, sa voix s'éleva enfin comme Austin avait l'habitude de l'entendre depuis le début de la semaine. Adam ouvrit les yeux. Quel changement, tout à coup. Cette gaité dans la voix, ce timbre chaleureux mais moins corsé que celui de sa grand-mère. C'était une vraie musicienne. Elle devait avoir hérité cela de sa maman, qui chantait, elle aussi, avec amour et passion, d'après ce qu'il en savait.

Because the sky is blue, it makes me cry
Because the sky is blue...

La voix s'éteignit... C'était vraiment joli, cette interprétation. Adam battit des mains. Quelle différence entre le début et la fin de la chanson. Une assurance qui s'était installée au fur et à mesure, une voix qui s'était épanouie. Et puis, Austin avait bien fait ça aussi...

Il fut décidé que, de toute manière, le piano n'avait pas besoin d'être amplifié. Il y avait assez de profondeur dans le son de l'instrument et même, l'aigu était un peu trop clinquant. Et puis, quand l'accordeur aurait travaillé, cela serait différent aussi et il fallait en tenir compte. Mais en mettant un petit effet sur la voix de Myrtille, l'équilibre devait être parfait.

— Une autre avec beaucoup de notes au piano, jeune homme ? dit Adam en se tournant vers son fils.

Austin se lança dans *A Thousand Miles*. Là, il fallait que sa complice entre directement dans le sujet. Rien à voir avec la manière léchée de chanter le titre des Beatles, non. Cela devait être plus rageur dans la manière de faire. Les amoureux arrivèrent au bout sans trop de mal. Adam était admiratif. Eh bien, ils avaient bien bossé, ces deux-là. C'était en place rythmiquement. Austin avait plus de technique que ce que son père imaginait, et cette petite Myrtille… Il fallait qu'il l'enregistre un jour… Il en parlerait à Mamou. Mais adieu les chansons sucrées guimauve. Cette façon délicate, mais très affirmée de chanter lui rappelait Apolline R., cette artiste dont il avait eu l'occasion de sonoriser des concerts pendant deux ou trois ans. Que de souvenirs, que de souvenirs.

— Et bien, vous deux, vous m'épatez… Vos chansons sont vraiment pas mal. Toi, Myrtille, tu as une voix… Pfiou… Quand tu as commencé à chanter, j'avais peur que ce soit trop… maigrelet. Attention, c'est pas une critique, juste que… sonoriser une voix aussi chétive, c'est difficile. On est obligé de pousser les potards à fond, et puis, au final, on risque un larsen à tout moment. Mais non, tu t'es affirmée et j'ai vraiment aimé la manière dont tu as géré ce *Because*. Commencer en douceur de cette manière et puis, faire gonfler ta voix, mais tout en nuances et en élégance… Et puis, ce titre de Vanessa Carlton, il faut tenir le coup, hein, pour chanter sans fausser toutes ces notes pareilles… Tu as assuré, vraiment. Enfin, non, *vous* avez assuré. Austin, c'était top. Je n'imaginais pas que tu faisais ça aussi bien. C'est vrai que tu étais en de bonnes mains question prof, mais visiblement, elle t'a enseigné des choses qu'en général, on n'aborde pas avec les débutants. On dirait même que tu ne l'es plus, débutant…

Austin et Myrtille étaient rayonnants. Toutes ces louanges leur faisaient chaud au cœur, surtout venant d'Adam, qui avait l'habitude d'entendre des professionnels qui débarquaient au studio avec un bagage musical incroyable. L'homme poursuivit :

— Et toi, ma petite Myrtille, tu me fais penser à deux personnes que j'ai beaucoup écoutées. L'une, c'est une artiste que j'ai sonorisée à plusieurs reprises en live.

Une perle niveau interprétation et finesse. Une auteure-compositrice qui s'accompagnait à la guitare. Introvertie comme pas permis… Et l'autre, eh bien, tu la connais, non ? Il s'agit de Mamou. On a bossé ensemble pendant un moment. Elle avait une certaine plume et un niveau pianistique, même si je n'adhérais pas toujours à ce qu'elle composait, c'était assez agréable à écouter, je l'avoue… Alors, de temps en temps, on se retrouvait dans sa « pièce bleue » et j'improvisais sur ses chansons avec mon sax. Et, tu me croiras ou pas, ça donnait des trucs assez surprenants, parfois. Je vous ferai écouter, si vous voulez… C'est quelqu'un, vous savez, Mamou…

Les jeunes gens se regardaient. Ainsi, c'était cela qui les liait, Adam et elle. De la musique, beaucoup de musique. Ils comprenaient cette complicité, à présent. Ils devaient se connaître depuis longtemps et avoir fait un fameux morceau de chemin ensemble.

Adam quitta le grenier et se mit à la recherche de Mamou : il voulait lui partager ses impressions sur ce qu'il venait d'entendre. Il la trouva à la cuisine, déjà occupée avec ses desserts du jour. Elle ne l'entendit pas arriver. Lui aussi, il était silencieux, mais ça ne concernait pas que les escaliers : il se déplaçait tel un chat… Il arriva derrière elle, et dans un geste très tendre, l'entoura de ses bras et lui murmura au creux de l'oreille « la relève est assurée, ma chère… » Celle-ci, un peu surprise, avait sursauté dans un premier temps. Et là, de manière un peu retenue, elle se laissa aller contre le corps d'Adam. Elle retrouvait cette chaleur, cette douceur incroyable, ce feu contenu. Non, elle savait bien qu'il n'y avait rien à attendre de leurs retrouvailles. Eh oui, elle réagissait au contact du ventre de cet homme contre ses fesses. Elle se souvenait de leurs étreintes, cette nuit d'avril... À présent, il était exclu qu'une femme de son âge fasse encore des... écarts. Et d'ailleurs, comment son corps à elle réagirait-il si Adam et elle se retrouvaient... au lit. Cet enlacement et surtout, le fait que ce soit lui qui ait eu ce geste, et non elle, ça, c'était... magnifique. Austin et Myrtille avaient vraiment un effet plus que favorable sur cette maison et les gens l'occupant...

Mamou se libéra de l'étreinte remplie de tendresse d'Adam.

— Alors, raconte-moi. Que s'est-il passé pour que tu sois aussi... heureux ?

— Et bien, j'étais là, au grenier, en train d'écouter Myrtille et Austin.

— Je les ai surpris dans les bras l'un de l'autre, la dernière fois... Et ? Continue...

— Et... cette petite a vraiment quelque chose, tu ne trouves pas ? Elle me rappelle Apolline, tu vois, Apolline R. que Simon m'avait présentée et que j'ai sonorisée un moment.

— Oui, oui, je vois.

— Donc, je les ai écoutés. Austin se débrouille pas mal aussi, mais bon, l'essentiel, c'est tout de même ta petite-fille. Elle a... la même énergie que toi mais le timbre moins corsé. Ce serait un plaisir pour moi de l'enregistrer... D'ailleurs, j'ai des projets. Tu n'imagines pas comme je suis emballé...

Si, justement, Mamou voyait très bien. Il était rare qu'Adam soit aussi loquace. D'habitude, il retenait ses mots, ayant toujours peur d'en dire trop. Il restait dans « son » silence, les yeux fermés, et il était difficile de le faire sortir de sa bulle. Ici, c'était tout l'inverse. Il parlait, parlait encore et de fait, il s'emballait...

— Tu penses que leur concert sera réussi ?

— Écoute, pour ce que j'en ai entendu, oui, bien sûr. Ils n'ont joué que deux titres sur le set et je ne sais pas combien il y en a au total mais ces deux-là, ils les gèrent vraiment….

— Je demanderai à Myrtille. Il me semble qu'il doit y en avoir sept ou huit…

— Donc, je pense qu'avec un petit *delay* sur la voix de ta petite-fille…

Ça y était, Adam était parti dans l'exposé de ces effets qu'il aimait mettre sur les voix des artistes qu'il sonorisait. Mamou ne l'écoutait plus vraiment. Elle le regardait. Il s'était animé, passionné, complètement habité par ses projets. Elle le retrouvait heureux, rayonnant. Elle sourit… Comme il était toujours beau…

17. J - 2

L'échéance se rapprochait. Adam avait attendu que le grenier soit briqué et nettoyé à fond. Les papiers divers avaient été rangés dans des caisses en carton, les « objets précieux » mis dans le bac *Curver* de Mamou. Le sol était à présent vide. Le piano trônait, un peu majestueux, sous l'unique fenêtre de l'endroit. Le soleil donnait une couleur particulière à l'instrument acajou. Mamou avait donné un produit à Myrtille pour faire briller davantage le couvercle du quart queue… Et puis, l'accordeur était passé : il avait travaillé presque deux heures et demie sur le piano. À présent, il sonnait bien mieux : il était juste, au moins, même si le clavier était toujours un peu inégal. Dans un sens, ce n'était pas plus mal. Le travail de nuances n'avait pas à être refait.

Adam avait demandé à Papou s'il y avait un micro qui traînait dans la « grande maison » et de quoi amplifier un peu. Il s'était arrangé avec Alexandre qui amènerait une vraie petite console et tout l'attirail nécessaire à la sonorisation de Myrtille. Le papa d'Austin avait donc installé un micro pour Myrtille, son pied, des câbles et une enceinte active. Cela ne lui demanda que peu de temps. Papou avait ce matériel dans une armoire de la bibliothèque. Quant au reste, on attendrait le jour du concert : Alexandre les rejoindrait ce jour-là.

Myrtille et Austin seraient donc pratiquement dans les conditions du live durant ces deux derniers jours de répétitions. Le dimanche, ils avaient prévu de ne pas trop bosser. De toute manière, cela valait mieux qu'ils gardent tous deux toute leur énergie pour le soir. Un petit raccord avec le matériel amené par le papa de Myrtille mais rien d'autre.

Ils s'y mirent dès le vendredi matin. Ils n'avaient pas dormi sous la tente et ne le referaient sans doute pas avant le jour du concert. Il fallait que la voix de Myrtille soit parfaitement reposée.

Leur set comportait, outre les quatre chansons dont il a déjà été question, un titre de Coldplay, *Yellow*, une autre chanson des Beatles, *To build a home*, de Cinematic Orchestra et *Over my shoulder*, une valse mélancolique… Un joli programme, bien équilibré, mais avec une tendance, tout de même, à la mélancolie.

Adam fit les petits réglages qui s'imposaient. Il demanda à Myrtille de ne toucher à rien : ni au pied du micro ni au volume de ce dernier à la table de mixage. Il dit à Austin que Papou viendrait très certainement faire un petit tour au grenier pour voir comment les choses s'emmanchaient. Il expliquerait au jeune homme ce dont il avait besoin comme place pour leur surprise à Adam et lui.

Les choses se mettaient bien en place. Mamou et Adam préparaient une surprise en secret mais personne ne savait de quoi il s'agissait. Quand Myrtille et Austin ne répétaient pas, ils en profitaient pour se délasser dans la piscine ou partaient se promener main dans la main. Leur relation naissante n'était plus dissimulée. Les adultes les regardaient en souriant. Cela leur rappelait leur jeunesse et le début de leurs amours. Marin et Duncan trouvaient ça un peu ridicule, mais Elisabeth et Mary leur avaient interdit de faire quoi que ce soit comme commentaire…

Donc, nous en étions à ce que Mamou et Adam préparaient. Ceux-ci se cachaient dans le grenier, fermaient la petite fenêtre qui donnait sur la piscine et… travaillaient. On ne savait pas « quoi », ni « comment », juste que cela leur faisait plaisir et que cela serait sûrement quelque chose d'original et d'un peu… « sensationnel ».

Quand Myrtille remontait au grenier, elle se rendait compte que le pied de micro n'était plus tout à fait à la même place mais elle ne s'en inquiétait pas. Adam, au fond, devait savoir ce qu'il faisait puisque c'était lui qui occupait la pièce quand Austin et elle n'y étaient pas. Elle ne lui posa pas de question. Il n'avait visiblement pas envie de dévoiler l'objet de leur travail…

Le temps s'étirait lentement à présent, entre les répétitions, les séances de bronzage sur le bord de la piscine, les balades à vélo et la lecture de *Frissons nocturnes*. Ce dernier point concernait juste Austin et Myrtille, évidemment.

Ils avaient bien avancé dans le petit livre et étaient pratiquement arrivés à la fin. Ils s'isolaient dans la tente (il y faisait étouffant durant l'après-midi mais cela leur importait peu) ou cherchaient la fraîcheur de la bibliothèque, quand Papou et Adam la désertaient.

Le soir, à table, ils se mettaient l'un à côté de l'autre. De temps en temps, ils lâchaient leurs couverts pour se prendre délicatement le bout des doigts. Ils étaient assurément très amoureux.

Adam et Mamou étaient attendris. Bien sûr, il n'y avait jamais eu ce genre de chose entre eux, mais Adam reconnaissait cette petite flamme dans les yeux de Myrtille, celle qui avait brillé durant des années dans ceux de sa grand-mère quand ils se croisaient. À l'époque, elle et

Papou ne loupaient aucun des concerts du groupe d'Adam. Elle était assez amie avec le pianiste du groupe, John, que le papa d'Austin voyait encore de temps à autre. Elle se mettait en face de lui, et ils échangeaient des petits signes de la main, des sourires et des clins d'œil durant les prestations de la formation. Par contre, elle évitait, et cela, Adam en était tout à fait conscient, de le regarder, lui. Par pudeur ? Par gêne ? S'il lui avait posé la question, Mamou lui aurait répondu qu'elle n'avait pas envie de le troubler. Oui, elle l'aurait dévoré des yeux, et pas que des yeux. Elle aurait voulu le contenir en elle, dans sa tête, dans ses souvenirs mais aussi… physiquement. Malheureusement, elle savait très bien que c'était une chose impossible. Alors, elle se goinfrait de lui tant qu'il était concentré dans sa musique, et pour le reste, ses yeux étaient posés sur John ou sur Adrien, le violoncelliste. C'était « sans danger ». Ils étaient très différents d'Adam, en scène : souriants, épanouis. Et au final, la situation était plus facile à gérer de cette manière.

Mamou était heureuse. Elle se reconnaissait tant en Myrtille. Son enthousiasme, son feu. Et puis, cet amour pour le fils de son grand amour à elle… cela la touchait infiniment. Elle espérait que les choses dureraient et que si, un jour, cela devait s'arrêter, les jeunes gens soient de taille à affronter leur chagrin.

Parfois, tout de même, Austin et Myrtille se retrouvaient sous la tente et cela, même s'il y faisait chaud. Ils y relisaient certains passages de *Frissons nocturnes*. L'épisode que la jeune fille préférait, c'était celui des « Rubans bleus ». Elle aimait cette manière très douce dont le héros s'occupait de son initiatrice. C'était délicat. Elle se voyait bien dans cette situation avec Austin. Et puis, la façon dont l'histoire démarrait : l'achat de ces rubans, et le héros tout embarrassé du fait que la mercière puisse se faire des idées au sujet de son projet. Par contre, Austin était particulièrement fan de la première « vraie » histoire, celle de l'« Initiation savoureuse ». Il se reconnaissait en Adam. Son trouble, son… ignorance. Et le fait qu'il ait tellement envie de se faire écoler par cette Marine. Elle n'avait rien d'une allumeuse, elle ne l'avait pas violé, non plus. Elle s'était contentée de le dévergonder juste un peu et de l'encourager à se sentir « mâle ». C'était une jeune femme adorable, respectueuse mais déterminée. Adam lui plaisait. Et au final, l'homme et elle s'étaient bien trouvés…

18. J – 1

C'était le dernier jour consacré aux répétitions et aux mises en place.

Papou était allé dans le grenier. Il avait expliqué à Austin comment il envisageait leur surprise, à Adam et lui. Il s'agirait d'une projection de photos et de vidéos. Il fallait qu'il demande à Mamou si elle pouvait leur prêter un drap blanc propre. Il comptait sur l'aide du jeune homme pour venir chercher le petit studio portatif dont il se servait il y a longtemps et qui comportait deux pieds reliés par une barre transversale. C'est là qu'il faudrait mettre le drap, en tâchant de ne pas le faire traîner par terre, et en l'équilibrant. Austin comprit très bien à quoi cela devait ressembler. Il envoya Myrtille chercher le drap chez Mamou tandis que lui se chargea du reste. Papou lui dit aussi que l'écran de projection improvisé devait être visible par tous, et pas à contre-jour…

Les jeunes gens installèrent donc tout cela dans le grenier puis appelèrent le grand-père de Myrtille pour qu'il vérifie si son idée avait été respectée. Papou était satisfait. Oui, c'était de cette manière qu'il imaginait les choses. Il félicita les amoureux et regagna la bibliothèque où Adam l'attendait.

— Ils sont efficaces, les jeunes, dis !

Adam et lui se sourirent. Ils étaient heureux de la surprise qu'ils réservaient à la famille. La surprise serait plutôt destinée à Mamou, en fait, du moins, une certaine partie. Pour le reste, cela concernait Elisabeth et un de ses frères, qui n'était pas à la « grande maison » à ce moment-là.

En catimini, ils vérifièrent au grenier si le drap était mis à la bonne hauteur et, rassurés, retournèrent s'enfermer dans leur chère bibliothèque.

Mamou aussi investissait le grenier en catimini. Parfois, elle s'y retrouvait toute seule, parfois avec Adam. Quand elle s'y rendait seule, on pouvait entendre des sons étouffés de piano et sa voix, un peu timide. On ne comprenait pas ce qu'elle chantait mais cela avait l'air très doux, un peu mélancolique. L'accompagnement n'avait pas une place prépondérante, juste un soutien harmonique. Et puis, il y avait autre chose : là, le piano jouait simplement des petits accords. C'était un peu épuré.

Adam avait dégoté un pupitre et quand il avait fini de bosser, il le rangeait soigneusement pour ne pas être… repéré. Bien sûr, il allait improviser mais avec une grille d'accords, c'était tout de même plus simple… Il avait promis à Mamou d'être au point pour le concert du dimanche soir. Elle le savait fantaisiste mais elle connaissait son talent, donc elle ne se tracassait pas trop…

C'est seulement le samedi soir qu'ils répétèrent ensemble. Mamou chantait une de ces compos qu'Adam et elle avaient enregistrées dans la petite pièce bleue longtemps auparavant… *Si tendrement*. Et ils travaillèrent aussi une autre chanson, dans laquelle Adam avait tout un solo.

L'impatience commençait à gagner les musiciens et Papou, mais aussi le public…

Pour la dernière nuit avant le grand jour, Austin et Myrtille décidèrent de rester très sages. Ils se couchèrent tôt après s'être embrassés tendrement. Ils se regardèrent longtemps, tandis que leurs doigts avaient du mal à se quitter. Il lui murmura dans un souffle « À demain, ma petite partenaire adorée ! »

***

Le soleil était déjà haut dans le ciel lorsque Myrtille émergea. Elle avait la figure chiffonnée, mais elle avait bien dormi. Elle s'était rendu compte qu'elle n'avait pas réfléchi à la tenue qu'elle allait porter pour le concert. Quelque chose de classe ? De décontracté ? Elle irait trouver Mamou : elle devait avoir une certaine expérience en la matière…

Austin, quant à lui, était déjà descendu déjeuner au jardin. Il préférait laisser son amie dormir tout son soûl. Il l'accueillit avec un grand sourire : elle était vraiment mignonne…

— On établit le plan de la journée ?

— Tu dirais quoi, toi ?

— Ben, on fait notre set juste une fois juste avant le dîner. Inutile de se mettre la pression toute la journée. Papa arrive vers midi et on aura le temps de faire une dernière répète avec le « vrai » matos.

— Et on fait quoi d'autre ?

— On va se promener un peu et puis on lit…

— Autre chose ?

Austin regarda Myrtille avec un petit sourire. Elle était coquine. Elle lui donnait envie avec son short et son haut moulant… Ce soir, après le concert, il… oui… il en était convaincu : ils allaient s'occuper l'un de l'autre sous la tente.

***

C'était devenu une habitude. Myrtille aidait Mamou à ranger la table du déjeuner. Elle avait un grand plateau sur lequel elle commença par mettre la vaisselle sale du repas. Elle le déposa sur le lave-vaisselle, et c'est Mamou qui s'occupa de « charger la bête ».

— Dis, Mamou, je me demandais si tu pouvais me donner un petit conseil…

— Je t'écoute, ma grande.

— Quand tu faisais tes concerts, tu portais quoi comme habits ? Enfin, comme genre d'habits ? Des trucs de tous les jours ou…

La grand-mère de la jeune fille eut un petit sourire. Elle se souvenait des premiers concerts pour lesquels elle portait en général un pantalon en lin de couleur claire et un haut plus coloré mais toujours avec une touche de bleu. Ensuite, comme elle se sentait mieux dans sa peau, c'était une robe. La première bleu marine avec des motifs écrus, la deuxième bleu marine aussi avec de grandes fleurs blanches et des pois bleus en surimpression. Elle avait aussi un petit gilet bleu foncé…

— Oh, Myrtille, je pense que je dois avoir une photo ou l'autre de ces concerts. Je vais te chercher ça…

Quand la jeune fille vit les quelques photos, son visage s'éclaira. Comme sa grand-mère avait l'air heureuse sur ces photos, et… jeune. Pourtant, elle devait déjà bien avoir cinquante ans. Il est vrai que Myrtille était née quand Mamou avait dépassé cet âge et que jamais elle n'avait été amenée à voir des photos d'elle « jeune ».

— J'en ai d'autres. Je te les montrerai, mais pas aujourd'hui… On a d'autres choses à préparer…

— Alors, tu trouves que c'est mieux que je sois…
classe… ?

— Mais bien sûr. Tu dois être à l'aise, mais il faut que le
public se dise que tu as réfléchi à ta tenue. C'est un respect
que tu lui dois, tu sais. Et puis, ça te donnera des ailes, si tu
te sens à ton avantage…

— Tu veux bien m'aider à choisir ?

— Avec plaisir…

Mamou serra les doigts de sa petite-fille entre les siens.

— Quand on a fini de ranger, je remonte dans la
chambre. Tu pourras me rejoindre ?

La sexagénaire hocha la tête. Elle était bien décidée à
trouver la tenue parfaite…

Quelques instants plus tard, Myrtille était devant la
garde-robe. Elle hésitait entre un ensemble écru et une
jupe verte avec un haut blanc. Elle déposa les vêtements à
plat sur le lit et attendit sa grand-mère… Elle aurait peut-
être une autre idée. Celle-ci la rejoignit quelques minutes
plus tard. Elle regarda attentivement les tenues et sourit. Le
haut blanc était un peu transparent. Il ne fallait pas donner
aux spectateurs l'envie de voir ce qu'il y avait « sous les
habits » : leurs regards seraient insistants, et au final, la
jeune fille serait mal à l'aise. Non, il fallait s'y prendre
autrement…

— Tu as déjà essayé de porter le haut de l'ensemble avec
la jupe verte ?

— Non. Pourquoi ?

— Je pense que ce serait peut-être la solution. La
couleur de la jupe, c'est exactement celle des yeux d'Austin
et d'Adam, tu avais remarqué ?

— Oui…

— Et la coupe du haut, je pense que ça flattera ton buste et ton port de tête. Tu veux bien les passer, histoire qu'on juge en connaissance de cause ? Je reviens dans cinq minutes, si tu veux.

Myrtille eut un petit sourire. Sa Mamou, c'était vraiment quelqu'un de respectueux, de sensible et de très fin.

— Voilà… Tu en penses quoi ?

La jeune fille fit un petit tour sur elle-même. Mamou sourit…

— Tu prends le micro en main, pour chanter ? Ou tu le laisses sur le pied ?

— Ça dépend des chansons… C'est important ?

— Non, pas vraiment. Mais oui, cette tenue, c'est parfait… Et pour les chaussures ?

— J'ai des sandales bleues. Ça ne va pas choquer ?

— Non, enfin, je ne pense pas. Tu vas t'attacher les cheveux ?

— Juste une petite barrette pour les empêcher de cacher mon visage.

Décidément, ce genre de détails, c'était une « valeur familiale ». Mamou insistait toujours pour qu'Elisabeth soit nette, les ongles propres et les cheveux ne « traînant pas dans les dents », quand elle était petite ! Myrtille serait au top, elle n'en doutait pas.

19. Concert...

On y était. La fébrilité était palpable...

Toute la journée avait été consacrée aux derniers préparatifs.

Les femmes avaient passé du temps en cuisine pour préparer des choses salées et sucrées à grignoter. Il avait été décidé que le concert aurait lieu vers dix-neuf heures. C'était l'heure habituelle du souper, mais il était évident que si les musiciens mangeaient trop lourdement, ils ne seraient pas à l'aise, surtout les chanteuses !

Papou et Adam avaient vérifié les installations d'amplification et de projection de la fameuse surprise.

Marin et Duncan avaient disposé des chaises et des fauteuils face au piano. Ils avaient monté trois petites tables basses au grenier. Les spectateurs auraient ainsi la possibilité de déposer leurs verres ou leurs « grignotages » pour applaudir les artistes...

Alexandre était revenu passer le week-end à la « grande maison ». Il avait d'ailleurs, selon les indications d'Adam, amené du matériel pour sonoriser Myrtille. Il était curieux d'entendre sa chère fille. Elisabeth lui avait expliqué pour la semaine de travail avec Austin, les sentiments visiblement partagés par les jeunes gens. Elle était contente de leur relation, dans le fond... Elle espérait juste qu'Austin serait moins introverti qu'Adam et qu'il ne transformerait pas la vie et le cœur de sa fille en champ de bataille. Le papa de Myrtille, ne connaissant pas le lien qui unissait Adam et Mamou, n'avait pas besoin de savoir ce genre de chose.

***

19 heures…

Le cœur de Myrtille battait fort quand elle se plaça derrière le micro, dans le creux du piano. Austin était déjà installé. Lui aussi, il s'était fait « tout beau » : une chemise noire à longues manches, un jeans clair mais pas délavé et des Converses aux pieds – les sandales, ce n'est pas vraiment pratique : tout pianiste vous dirait que quand on se sert de la pédale, il vaut mieux des chaussures fermées…

Elle jeta un petit coup d'œil à son accompagnateur, prit une grande inspiration, et Austin entama *Because*. La voix de la jeune fille s'éleva, un peu timidement. Son visage était éclairé par le soleil qui commençait de redescendre. Mamou avait fermé les yeux. Elle ne perdait pas une miette des mots prononcés par sa petite-fille, les inflexions douces, les petites hésitations calculées… C'était très subtil, et cela lui plut beaucoup. Quand la chanson se termina, il y eut un silence de quelques secondes puis des applaudissements nourris des spectateurs. Ils étaient étonnés. Il y avait deux autres chansons qu'Austin et Myrtille allaient interpréter à deux et puis… Adam les rejoindrait pour *Lady*. Pendant tout le morceau, il resta en retrait, assis sur une chaise, bien droit, son sax entre les mains. Quand la voix de Myrtille se tut, c'était le signal : il se leva, se mit face au public, et joua ces ribambelles de notes, bien mieux que l'interprète original du titre, selon Mamou. Elle connaissait cette chanson par cœur. C'était elle qui avait fait connaître le titre et la chanteuse à Adam des années auparavant. Elle était subjuguée par cette délicatesse, le velouté du son qui s'échappait du sax. Ce qu'elle aimait, c'était ces arabesques dans lesquelles on ne percevait aucun coup de langue.

Ça semblait couler tout seul, tel un petit ruisseau sans cailloux...

Pendant la pause qui suivit, la famille entière assista à une projection sur le drap blanc tendu. On se souvient que Mamou avait un peu expliqué à Myrtille que Papou avait fait des études de photo... Eh bien, elles se retrouvaient là, les photos bizarres que les amoureux avaient découvertes et rangées avec mille précautions dans le bac *Curver*.

Papou mit en route la vidéo. D'abord, on entendait un piano... et un sax qui avait l'air de... pleurer. Ensuite, une voix. Ce qu'on voyait, c'était ces clichés troubles : Elisabeth, un des tontons des jumeaux, Mamou, Adam et quatre autres personnes, que les cousins et la famille d'Adam ne connaissaient pas... La chanson était plutôt envoûtante. Une espèce de mélopée un peu traînante, interprétée de manière sexy, avec pas mal de souffle dans la voix. Alors, comme ça, Elisabeth chantait « comme ça » ? Ça n'avait pas grand-chose à voir avec ses chants de messe actuels... Des photos, et encore des photos. Ils avaient l'air concentrés, ces musiciens. Le résultat sonore était top... Mamou avait les yeux brillants de larmes, Adam semblait fier et Papou regardait les spectateurs avec un large sourire. À la fin, au générique, tout le monde comprit la fierté du saxophoniste : c'était lui qui avait mixé et masterisé la chose. Eh bien, c'était franchement réussi !

La deuxième partie du concert commençait par les quatre autres chansons du répertoire de Myrtille et Austin. Pour certaines, la jeune fille enjôlait vraiment le public : sa voix se faisait un peu traînante. À d'autres moments, elle était plus volubile et plus articulée. Instinctivement, elle avait trouvé comment la poser sur chaque chanson. Pendant qu'Austin et elle terminaient *To Build a Home*,

Myrtille songeait avec curiosité à ce qui constituerait la fin du concert. Elle savait que Mamou se mettrait au piano et qu'Adam l'accompagnerait au sax. Serait-ce une chanson, un duo sans la voix… Elle était vraiment impatiente de les entendre… Une dernière envolée de sa voix : « *And now it's time to leave and turn to dust* ». Austin terminait tout seul avec quelques notes au piano, comme si le feu ou la mer houleuse s'étaient enfin calmés.

Myrtille et lui se regardèrent en souriant, encore tout émus de ce qu'ils avaient partagé avec leurs familles. Ils avaient senti des ailes leur pousser dans le dos, dans la voix, dans les doigts. Ils étaient heureux, si heureux de ce moment. Du résultat de leur travail de cette semaine. Le concert était presque fini… Pendant que les jeunes musiciens regagnaient leur place dans le public, Mamou s'installa au piano. Adam positionna le micro juste devant ses lèvres puis il alla chercher son sax, qui était retourné dans son étui après le *Lady* de Regina Spektor.

Les amoureux étaient assis l'un à côté de l'autre, les doigts mêlés. Ils ne se regardaient pas, trop attentifs à ce qui allait se passer… Au début, c'était un peu… spécial. Il y avait quelques notes au piano et une mélodie décousue. Et puis, la voix de Mamou commença. Elle était un peu plus sombre que celle de Myrtille, mais la manière de chanter en insistant sur certaines syllabes était assez semblable. Les mots parlaient d'un déshabillage très tendre, du fait que l'auteure ne voulait pas aller trop vite, qu'elle préférait prendre tout son temps pour que son partenaire en profite vraiment. Et puis, quand celui-ci serait nu, elle ferait encore durer le plaisir jusqu'à ce que la jouissance soit intense. Ensuite, ils boiraient un verre de vin, « mélangeraient » leurs notes et recommenceraient… tendrement… Adam ne jouait pas beaucoup dans cette chanson, juste à la transition entre le deuxième et le troisième couplet – parce qu'on passait de mineur en majeur et qu'il fallait que le caractère joyeux du dernier couplet soit bien marqué –, et à la toute fin. Mamou jouait des arpèges tout en fougue retenue. C'était ce qu'il soulignait.

Il restait une chanson... À l'intro, Austin et Myrtille se regardèrent... « *L'oiseau-lyre* », cette fameuse mélodie qu'ils avaient fredonnée tous les deux comme si elle faisait partie de leur « patrimoine génétique musical »... La voix de Mamou s'éleva, un peu plus légère que dans le titre précédent. Là, Adam jouait pratiquement tout le temps. En sourdine ou parfois de manière plus présente. Il n'écrasait jamais ce que Mamou faisait avec ses doigts ou avec sa voix. Un équilibre très précis unissait les musiciens. Ils avaient une parfaite maîtrise de leurs instruments au niveau du volume mais aussi de l'intensité avec laquelle ils conduisaient les lignes mélodiques et harmoniques. Austin et Myrtille étaient médusés. Mais c'était parfait, cette interprétation. Ils ne savaient pas d'où cela sortait. En outre, ce qu'ils connaissaient, ce n'était pas cette version. Non, une voix d'homme, et pas un piano et un sax : une formation pop et une trompette, plutôt.

Ils savouraient ce qu'ils entendaient. Ils avaient les yeux fermés et la main d'Austin avait serré un peu plus fort celle de Myrtille. Quand le sax et le piano se turent, ils n'osaient applaudir : tout cela les chamboulait tellement...

— Qui a reconnu *L'Oiseau-Lyre* de Bertier ? lança Mamou d'une voix un peu étranglée.

Sa petite-fille se dit que sa grand-mère avait certainement posé cette question pour détendre l'atmosphère. Cette exécution était si intense, tellement forte au niveau des émotions transmises. Myrtille était admirative. Ce duo était vraiment extraordinaire. Elle enviait la sexagénaire d'avoir un partenaire pareil. Elle se dit que « peut-être », avec le temps et beaucoup de travail, Austin et elle arriveraient à une osmose semblable…

Mamou avait les yeux pleins de larmes. Adam, même s'il était le maître du self-contrôle, n'en menait pas large non plus. Il ne se souvenait plus que l'alchimie entre eux était aussi importante. Myrtille se dit que ce qui les liait devait vraiment être très intense pour que ce soit perceptible de cette manière. Seuls les parents d'Austin et ses grands-parents à elle devaient « savoir »…

Le concert était à présent tout à fait terminé. Les plats d'amuse-gueules salés et sucrés avaient été vidés, les bouteilles de vin et de jus de fruits aussi. Elisabeth et Mary avaient ramené tout cela en cuisine. Duncan et Marin rangeaient les chaises, fauteuils et tables basses. Pour la dernière soirée, Myrtille et Austin demandèrent à Mamou s'ils pouvaient lui poser d'autres questions… et la grand-mère, dans un soupir, leur chuchota.

— Vous savez ce qu'Adam m'a confié il y a deux jours ?

Les adolescents la regardèrent, étonnés. Il y avait eu comme une cassure dans sa voix…

— Il venait de vous entendre répéter et il m'a dit que… la relève était assurée… Eh bien, vous savez quoi ? Je pense que c'est la chose la plus agréable qu'il m'ait dite cette semaine.

Qu'est-ce qui avait ému la grand-mère de Myrtille à ce point ? Que son Adam l'ait prise contre lui ? Qu'il lui ait confié cela comme un secret, au creux de l'oreille ? Qu'il ait vu en Austin et Myrtille deux musiciens qui avaient un bel avenir devant eux ? Qu'il se soit dit que leur histoire à Mamou et lui étant impossible, il était heureux que son fils et la petite-fille de la dame âgée soient amoureux et puissent vivre leur amour au grand jour ?

Myrtille et Austin se firent un clin d'œil. Il était évident que Mamou aimait encore Adam, vu comme elle était encore émue de ce qui devait s'être passé entre eux il y a longtemps… Elle avait de la chance d'être encore aussi sensible et émerveillée par ce sentiment malgré les années.

Ils se dirent qu'il valait peut-être mieux qu'ils ne posent plus de questions. Mamou était vraiment trop troublée. Ils l'embrassèrent chacun sur une joue et lui dirent bonsoir.

— Cette dernière nuit, je suppose que vous allez la passer sous la tente ?

Mamou leur fit un clin d'œil rempli de sous-entendus.

— Je me charge de vos parents. Aujourd'hui, je vous donne la permission de minuit, dit-elle en regardant sa montre.

Il était déjà vingt-deux heures trente…

Ils allèrent chercher des oreillers et récupérèrent les sacs de couchage. Ils se changèrent aussi : inutile de se coucher avec leurs « habits de concert ».

20. Dernière nuit sous la tente...

C'est donc munis de *Frissons Nocturnes* qu'ils se retrouvèrent sous la tente... Les lampes de poche étaient allumées.

— On relit quelque chose qu'on connait ? Tu préfères terminer l'histoire ?

— Oui, je voudrais lire la toute fin...

— Tu t'y colles ? Ou c'est moi ?

— Ben, regarde : il y a un chapitre « Bleue à son savoureux » et puis un autre « Adam à Marine ». Je suppose que... je vais commencer...

La voix légère de la jeune fille débuta. Cela parlait de choses très tendres qu'Adam faisait à Marine, d'une chambre qu'il avait réservée dans un hôtel. Le texte, de soft, passait à du plus osé. À tel point que la jeune fille, à un moment, s'interrompit. C'était vraiment trop chaud pour qu'elle puisse continuer. De plus, ce langage, ce n'était vraiment pas la manière dont Austin et elle auraient pu se parler. Le jeune homme avait les cils qui papillonnaient et le souffle qui avait accéléré.

— Tu sais quoi ? Je pense que tu devrais déposer le livre... Tiens, mets ça comme signet. On verra si on reprend la lecture après...

— La lecture... après... quoi ?

Austin regardait Myrtille. Il avait commencé de sentir l'envie entre ses jambes quand elle s'était mise à lire. Ce n'était pas tant les mots qui l'avaient troublé. Plutôt le ton de la jeune fille. Et puis, il y avait tout de même des images assez… chaudes. Ni l'un ni l'autre n'avait jamais été confronté au sexe de cette manière. C'était étrange, tout de même, cette façon qu'ont les adultes de s'engouffrer dans des histoires de corps alors que le cœur et la tête, c'est important, non ?

Avec délicatesse, Austin saisit une petite boucle des cheveux de Myrtille entre son pouce et son majeur droit et la replaça derrière l'oreille de son amie. Celle-ci savourait la douceur du geste et fermait les yeux en soupirant. Austin, encouragé, déposa un baiser dans son cou, juste à l'endroit où la mèche rebelle avait été mise.

— Tu es douce, Myrtille…

— Hmmmmm

— Je peux continuer ?

— Sagement ?

— Oui, sagement. Je n'imagine pas te faire toutes ces choses dont il est question dans *Frissons Nocturnes*… On a le temps, de toute manière…

— Oui, on a le temps, tu as raison…

Myrtille tourna la tête légèrement. À nouveau, leurs visages étaient proches et leurs lèvres tout autant. Elle chercha celles d'Austin et leurs bouches s'unirent. Ils frissonnaient tous deux…

Dans leurs esprits, une gerbe de plaisir : une complicité des âmes, du plaisir dans la musique, des idées qui se ressemblent et s'épanouissent. Ils s'étaient trouvés. Ils allaient être heureux, c'était obligé.

Épilogue : Mon très cher Adam...

Mon très cher Adam,

Tous les lundis... tu te souviens de ma chanson parlant de mes mails pour toi qui restaient le plus souvent sans réponse ? Pour celui-ci, je n'en attends aucune, rassure-toi. Et de toute manière, je connais ton manque de plaisir à écrire donc...

Je voulais simplement te remercier pour cette bonne semaine que ta famille et toi avez passée avec nous dans la « grande maison ». J'espère que ta famille a apprécié !

Je suis heureuse que Myrtille et Austin aient pu se « trouver » de cette manière. Je pense que la musique les a réunis comme elle aurait pu, dû le faire pour nous.

Je te remercie aussi pour ces moments que nous avons partagés tous les deux. Nous retrouver au travers de « Si tendrement » et de « L'Oiseau-Lyre » m'a fait un plaisir immense, tu peux t'en douter.

Je pense que, comme tu le sens, sans doute, tu seras toujours « mon parfait ». Les années ont eu beau passer, rien n'a altéré les sentiments que j'ai pour toi. Ils ne se sont jamais émoussés malgré la distance et le fait que, durant tout ce temps, tu m'aies repoussée aussi farouchement. Notre nuit d'avril, avant que vous vous mariiez, Mary et toi, est quelque chose qui a une place immense dans mon cœur, dans ma tête et dans mon corps.

Je sais que tu as proposé à Myrtille de vous rejoindre à Londres prochainement. Je suis certaine que tout se passera bien et qu'elle sera ce « rayon de soleil » qu'elle est pour nous, ses grands-parents.

Je te souhaite bonne continuation dans tes projets professionnels et dans ta vie personnelle... Prends soin de toi et permets-moi de t'embrasser « si tendrement ».

Ta B.

Le mail était arrivé chez Adam juste avant son retour à Londres. Il y répondit pratiquement immédiatement en le découvrant à son arrivée chez lui.

Chère, ma très chère B.,

Tu vois, on est lundi, et je te réponds... ;-)

Je me souviendrai longtemps de cette semaine dans la « grande maison ». Faire la connaissance de Myrtille et de Marin, retrouver Alexandre, Elisabeth, ton mari et toi, tout cela m'a fait chaud au cœur.

Je suis très sensible à votre respect, votre attachement à notre famille et, plus particulièrement, à ce sentiment que tu as toujours pour moi. Je ne devrais pas en parler, c'est certain, mais ce moment dans ta cuisine (« la relève est assurée ») m'a fait, je pense, autant de bien qu'à toi.

Nos enfants ont tout à gagner à se connaître, se fréquenter et s'aimer... Peut-être cela mettra-t-il un peu de baume sur ton cœur meurtri depuis toutes ces années. Tu sais aussi bien que moi que les choses n'auraient jamais pu être possibles entre nous... Les voir heureux et épanouis dans leur amour naissant ne peut que « nous » faire plaisir.

Je compte sur ton mari et toi pour garder un œil attentif et compréhensif sur Austin quand il sera en Belgique. Je ferai pareil pour votre Myrtille, si elle répond à mon invitation pour Londres.

Je t'embrasse, ma très chère B.

Adam

II.
Entre Londres et Namur

Prologue : Retour à Londres

Un couple d'une bonne quarantaine d'années précédé de deux ados s'installait dans l'avion qui les conduirait à Londres. C'était la première fois que la famille au complet avait séjourné ailleurs que dans sa maison de la capitale britannique.

L'homme était assez grand, son épouse plutôt menue. Les garçons, quant à eux devaient avoir une quinzaine d'années, mais n'étaient pas jumeaux. Si on n'avait pas vu leurs parents, il aurait été difficile de reconnaître en eux des frères. L'un ressemblait à son père, la même couleur des yeux, la même allure. L'autre tenait énormément de sa maman. Il avait ses taches de rousseur, la forme de son visage.

Ils avaient été invités pour une semaine chez un couple qu'Adam et Mary, c'était leurs prénoms, connaissaient depuis longtemps. D'ailleurs, Austin, l'aîné des enfants, était le filleul de leur hôtesse. Cela avait donc été direction l'Ardèche, dans une « grande maison » dont Papou et Mamou étaient propriétaires, et où ils passaient leurs vacances avec l'un ou l'autre de leurs enfants et leurs petits-enfants.

Austin et Duncan, les fils du couple, avaient respectivement seize et quatorze ans. L'un avait hérité du caractère un peu introverti et rêveur de son père. L'autre avait davantage les pieds sur terre et il aimait le sport, contrairement à son frère qui préférait la musique – en écouter et en jouer –, la peinture… Ils n'avaient jamais passé autant de temps avec des « étrangers ». Cela ne leur avait pas vraiment fait peur, mais les avait intrigués tout de même.

L'aîné des deux s'était posé des questions au sujet de leur séjour. Y aurait-il d'autres jeunes de leur âge ? Parce que, se farcir uniquement des « vieux », où était l'intérêt, et le charme ? Ils feraient peut-être de nouvelles connaissances. Il n'avait pas été en reste. Outre Papou et Mamou, il y avait aussi… Myrtille… *Hmmmmm, Myrtille.*

Ils avaient tout de suite accroché. Elle était vive, enthousiaste, un peu fofolle. Lui, d'habitude plutôt calme, s'était laissé embarquer dans cette histoire rocambolesque de « soirée-concert ». Ils avaient appris des « secrets » au sujet de ce couple qui les avait invités. Ils avaient aussi compris le pourquoi de certaines choses cachées ou qu'on tentait d'oublier… La question qu'il se posait, qu'ils se posaient, c'était « pourquoi donc était-ce cette sexagénaire qui était sa marraine et pas quelqu'un de l'âge de ses parents ? » Et là, ils avaient entrevu un morceau de l'explication !

La famille prit place dans l'appareil : le couple l'un à côté de l'autre, les ados, de l'autre côté de l'allée centrale. Le trajet ne durait pas longtemps. Ils arriveraient à Londres en fin de journée. Il leur faudrait récupérer leur voiture au parking et après une bonne heure de route, ils retrouveraient leur maison

Malgré leur semaine de vacances en Ardèche, Adam, vivant plutôt la nuit à cause de son boulot, sentit la fatigue l'envahir. Sa vie était assez remplie. Entre les enregistrements de pointures musicales dans un studio réputé de la capitale anglaise et la sonorisation de concerts underground, il ne pouvait consacrer que peu de temps à sa petite famille.

Là, ils avaient passé un séjour très agréable avec Papou, Mamou – cela lui semblerait toujours étrange de les appeler de cette manière et pas par leur prénom –, et d'autres : Élisabeth et ses jumeaux, Myrtille et Marin. L'homme avait retrouvé ses hôtes avec plaisir : tant de choses les avaient liés il y a longtemps. C'était avant que Mary et lui ne deviennent parents. Avant même qu'ils ne se connaissent. Depuis, ils étaient à peu près restés en contact. C'était en partie pour cela que le couple avait souhaité que B. soit la marraine d'Austin.

Lentement, Adam sombra…

1. A. et B.

Après-concert (une nuit d'avril il y a quinze ans – flashback 1[5])

Il ne savait pas ce qui lui avait pris... Il connaissait ses sentiments à elle depuis si longtemps. Maintenant, il se sentait grisé. Peut-être par ce succès, peut-être parce qu'il avait bu ? Sur scène, les choses s'étaient bien passées. Le guitariste fou, échevelé, s'était laissé emporter par la musique, le chanteur aussi. Et puis la choriste, dont la voix s'envolait tel un oiseau... Lui, il avait alterné entre la basse, la batterie et la guitare rythmique. Toujours à l'arrière. Discret. Souriant aux anges et concentré. Il regrettait un peu de ne pas avoir pu mêler les notes de son sax à celles du trompettiste, mais bon, le travail fait en studio était si précis et tellement passionnant qu'au final, même s'il n'en jouait pas en live...

Donc, il l'avait vue s'approcher, un peu gauche, avec un petit sourire. Elle avait quoi, une bonne vingtaine d'années de plus que lui et aussi peu d'assurance qu'une ado inhibée. Elle était vêtue d'une blouse écrue, d'un jeans et d'une veste noire. Un collier avec des grosses perles vertes : il aimait cette couleur. Ce n'était pas la première fois qu'elle portait ce genre de choses en sa présence. Qu'il s'agisse de boucles d'oreilles, de bracelets ou de colliers, le fait que « cela se balance », cela le fascinait toujours un peu. Quand il fixait

---

5. Cette nuit a été racontée dans *Ma chanson douce*.

l'un ou l'autre de ses bijoux, il en aurait été hypnotisé. Alors, il laissait son imagination s'emporter… C'était peut-être ça qui l'avait accroché ce soir-là.

Ils avaient commencé par discuter, de ses impressions du concert, de la manière de jouer de l'un et de l'autre. Elle avait des idées bien tranchées et son mot à dire, c'était clair. Elle avait remarqué les hésitations et les petits accrochages du trompettiste qui, à ce moment-là était au clavier. Et puis, ils parlèrent de la voix du chanteur, « pas chanteur, mais plutôt conteur ». Alors qu'elle, elle soutenait que non, que les mélodies des chansons existaient, puisqu'elle était capable de les fredonner. Elle évoqua une de ses anciennes compos à lui, en parallèle avec quelque chose qu'il avait composé il y a peu. Mais enfin, comment connaissait-elle l'existence de ce morceau ? C'était une vieillerie qui datait du début des années 2000… Ils ne se connaissaient pas encore, il n'avait pas vingt ans. *Ne pas lui montrer qu'il était curieux de « savoir »*… De temps en temps, elle chuchotait pratiquement. Cela l'obligeait lui à se rapprocher, plus près, encore plus près de sa jolie bouche qui se pinçait chaque fois qu'elle buvait une gorgée de sa petite bouteille d'eau à la paille. Elle n'était pas mal, dans le fond. Il ne l'avait jamais regardée comme ça : elle dégageait une certaine sensualité. Elle semblait un peu sur la réserve, comme si elle cherchait toujours à se montrer sous son meilleur jour pour lui. Il ne l'écoutait plus vraiment. Il la regardait plutôt ses yeux d'une couleur indéfinissable, ses lèvres… Et même si, depuis des années, il refusait de se laisser embarquer par cette admiration qu'elle lui manifestait, il devait bien reconnaître qu'il y avait quelque chose entre eux. Pas une attirance, non, une curiosité, plutôt, un attendrissement. Mais qui était le plus curieux des deux ? Lui, certainement.

Parce qu'il était en train de se dire qu'elle n'était, au final, pas « une vieille cherchant du jeune à tout prix », comme il le pensait depuis des années. Si cela avait été le cas, elle aurait jeté son dévolu sur quelqu'un d'autre, depuis le temps, non ? Et cet attendrissement ? Il se disait qu'il y avait des lustres qu'il la repoussait. On ne pouvait pas dire qu'il était toujours très aimable avec elle. Il ne prenait pas la peine de répondre à ses mails. *Oui, c'est vrai, souvent, il n'y avait rien à répondre, mais il aurait tout de même pu, de temps en temps, lui faire grâce d'un petit « Merci »...* Et elle, inconditionnellement, elle cherchait toujours à lui faire plaisir avec des petits riens ou des plus grands « tout ». Non, il se disait à présent qu'il n'avait pas été correct, tout ce temps. Il ne s'en mordait pas les doigts, mais comme une boule lui remplissait la gorge. Alors...

Alors... il lui avait proposé « quelques pas » pour rejoindre sa voiture à lui. Il la redéposerait à la salle du concert ensuite. Il voulait, dans un premier temps, leur permettre de continuer la conversation qu'ils avaient entamée. Afin qu'elle ne se torde pas les pieds sur ce fichu trottoir pavé, il avait pris sa main : sa marche serait plus assurée. Elle ne s'éclipserait pas longtemps. Son mari ne la chercherait pas vraiment.

Malgré ce projet, l'un comme l'autre était resté silencieux. Ils ne se regardaient pas. Ils marchaient main dans la main et visiblement, elle était... heureuse. Il fallait qu'il se débrouille pour prévenir T. qu'il était avec elle. Un petit SMS, juste après lui avoir proposé une promenade en voiture. Il la fit s'installer à la place du mort, ouvrit le coffre de sa petite voiture grise, y jeta son sac à dos noir et en profita pour envoyer de quoi rassurer le mari.

Mais qu'est-ce qui lui prenait ? Il était presque sûr qu'elle était anxieuse. Elle ne disait rien, mais il la voyait ravaler sa salive. Il était tout aussi silencieux. De toute manière, il n'était pas dans ses habitudes à lui de s'étourdir avec les mots…

Ils arrivèrent devant l'immeuble où il vivait. Il l'invita à descendre de l'auto et, prenant son sac à dos dans le coffre, jeta un coup d'œil à l'écran de son GSM. Il avait reçu un message du mari de B :

Enfin !! Régale-toi : tu ne seras pas déçu.

A., d'abord un peu surpris, eut un petit sourire. Il se garda bien de faire le moindre commentaire à B.

Et si c'était vrai ? Oui, il connaissait certains trucs du sexe. Il avait partagé une relation assez chaude avec une initiatrice, M., qui lui avait appris pas mal de choses. Mais aujourd'hui, avec B., c'était juste pour « un soir » ou « une nuit ». Il fallait que ce soit doux, un peu fou, agréable, sexy juste un soupçon. Ils n'avaient pas le temps d'explorer tout ce que son amie précédente lui avait enseigné. Et de toute façon, en avait-elle envie, B. ?

Même s'il se sentait bien dans sa peau, il acceptait l'idée qu'il n'en était pas de même pour elle. Elle serait certainement gênée de se montrer nue devant lui. Elle devait se poser beaucoup de questions quant à ce revirement de situation. Mais comme T. lui avait dit d'en profiter…

C'était étrange, tout de même, ce couple. Il n'avait jamais vu cela… Il avait bien été dans une situation un peu semblable avant de rencontrer M. un couple candauliste. Mais l'homme était présent et le plaisir qu'il prenait, c'était en regardant sa femme se faire… Et finalement, les choses avaient tourné court parce que lui, il était si inexpérimenté. Ici, T., il n'était même pas là. Alors ?

Ou bien, ce mari devait connaître l'attachement de son épouse pour lui, A., et se dire que si les choses étaient conclues, « enfin », il n'y aurait plus le fantôme de ce fantasme au-dessus du lit conjugal.

Et la nuit avait été… époustouflante. Un mélange très bien dosé de sexe et de douceur. Ils avaient mangé, bu, s'étaient délectés autant de cela que de leurs étreintes. Lui, il était très à l'aise. Il gérait son désir, et pareillement celui de sa partenaire. Et combien elle semblait heureuse. La retenue qu'elle manifestait au début de ce moment s'était dissipée au fur et à mesure.

Il était clair qu'elle l'aimait toujours, qu'elle se serait surpassée pour le satisfaire. Il se félicitait de l'aubaine… Finalement, ils y avaient gagné l'un comme l'autre. Lui, avec cette manière qu'elle avait eue de le satisfaire, n'entrons pas dans les détails. Elle, avec ces moments de paradis qu'il lui avait accordés.

Juste cela. Ce serait une nuit que ni l'un ni l'autre n'oublierait, qui les avait marqués au feutre indélébile, qui laisserait des traces persistantes. Dans son cœur à elle et son corps, dans son esprit à lui…

Ah… une femme amoureuse, c'est tout de même grisant. Elle vous accorde de l'attention, vous comble de mille douceurs et le reste. Et même si les sentiments de l'homme n'avaient pas suivi, son corps souple et jeune et son expérience tranquillement acquise avec M. s'étaient pliés à l'excitation qu'elle éprouvait.

C'est repu et heureux, satisfait de s'être montré aussi viril qu'il se mit en route le lendemain matin. Un grand sourire illuminait son visage, ses yeux couleur écume brillaient et ses cils battaient… Cette nuit l'avait épanoui, comme au temps où M. et lui se fréquentaient. Il se sentait bien.

Il savait que ce serait un *one-shot*, mais peu lui importait. Il n'avait pas jugé utile de prévenir son amie. Il le ferait en temps utile, quand ils se retrouveraient. Elle savait juste qu'ils s'étaient esquivés ensemble, cette femme et lui. Elle n'avait pas reçu de SMS, n'en avait pas envoyé non plus, ne s'était pas inquiétée d'être restée en plan… Elle passerait sans doute la fin de la soirée avec l'une ou l'autre chez qui elle irait loger, et le lendemain, elle en saurait plus. Elle ne se voyait pas débarquer dans son appart à lui en pleine nuit ou au petit matin et lui faire une scène. D'ailleurs, cela valait-il la peine ? Était-ce si important, cette histoire d'un soir ? Non, sans doute pas…

Et puis, il l'avait contactée au petit matin, quand il s'était retrouvé seul, sur le chemin du boulot.

Je préfère attendre pour te parler des détails… C'est quelque chose que, pour le moment, je ne comprends pas encore très bien. C'était une nuit hors du temps. Je n'ai pas bien suivi comment nous en sommes arrivés là, mais sache que je t'aime toujours, que rien n'a changé entre nous deux si ce n'est le fait que je voudrais te faire une demande… On se voit tout à l'heure ?

Bon dieu, que s'était-il passé pour qu'A. soit aussi loquace : ce n'était pas dans ses habitudes… Et plus tard, quand ils se retrouvèrent, il lui demanda, les yeux brillants, si elle était d'accord pour qu'ils cherchent un appartement pour eux deux…

C'était… tacite, à présent. Cette nuit avait clôturé une quête qui durait depuis des années. Elle, celle d'être enfin reconnue par Adam, avec son âge, sa situation maritale et tout le reste. Lui, celle d'apporter comme une conclusion définitive à la situation. Oui, ils avaient été complices, mais c'était terminé et cela ne reprendrait jamais.

Ils savaient que leurs yeux seraient différents, s'ils devaient se croiser à nouveau. Mais les choses n'iraient plus dans ce sens ardent, passionné.

Ils étaient soulagés, heureux du plaisir qu'ils s'étaient donné. Souvent, une nuit pareille est le point de départ d'une aventure et d'un bout de chemin ensemble. Dans leur cas, c'était le contraire : c'était l'aboutissement de plus de dix ans de oui -non, d'allers-retours. C'était un passage obligé pour que l'un comme l'autre puisse décider de l'orientation de sa vie future.

La « grande maison » (quelques jours auparavant – juillet)

Il allait donc les retrouver… Enfin, plutôt fallait-il dire *la* retrouver. Elle et ses sourires nature, ses cheveux qu'elle ne teignait sans doute plus, à présent, celle qui l'aimait depuis si longtemps. Ses sentiments à elle étaient-ils toujours les mêmes ? Avaient-ils, par magie, disparu ou changé au point qu'il ne pourrait rien déceler d'autre dans ses yeux que de la tendresse ?

Ils arrivèrent donc, Mary, les garçons et lui, dans cette « grande maison », où il était convenu qu'ils passent une semaine avec une partie de la famille de Papou et Mamou – c'est comme ça que disaient leurs petits-enfants et aussi leurs enfants. Cela lui faisait bizarre de leur donner ces noms alors qu'il les avait toujours appelés par leur prénom… Austin et Duncan se mirent au diapason de Myrtille et Marin, les enfants d'Élisabeth et Alexandre, et appelèrent les aïeux de la même manière qu'eux.

Le séjour passa très vite. Les femmes étaient souvent en cuisine. Elles s'y retrouvaient pour préparer les repas, mais aussi pour papoter. Élisabeth et Mary ne se connaissaient pas, mais avaient partagé de belles discussions. Élisabeth était un peu plus jeune, mais quand on a une bonne quarantaine d'années, cela ne se remarque plus vraiment. Elles parlaient de leurs enfants qui avaient à peu près le même âge, de leur travail et d'un tas d'autres choses futiles pour les hommes, mais qui passionnaient leurs compagnes – on se demande pourquoi. Et puis Mamou, cette chère Mamou. Oui, elle avait vieilli. Mais ses yeux étaient toujours aussi vifs et pétillants. Elle préparait toujours de ces desserts magnifiques. Rien à voir avec des entremets compliqués, non. Juste des « bonnes choses simples et savoureuses »… mais qui régalaient tout le monde à chaque fois.

Il avait retrouvé Papou avec plaisir. Il se souvenait de ces moments qu'ils avaient partagés il y avait une vingtaine d'années devant un écran d'ordinateur, tantôt pour des conseils de mixage, tantôt pour des explications de prise de vue ou de traitement de telle ou telle photo. Il y avait beaucoup de complicité entre eux. Lui, il était spécialiste du son. Quant à Papou, c'était l'image.

D'ailleurs, en fin de semaine, à l'occasion d'une soirée « spectaculaire », il avait eu l'occasion de mettre ses talents au service de Myrtille et Austin qui avaient proposé quelques chansons piano-voix. Cela l'avait immanquablement ramené à ces moments partagés avec Mamou des années auparavant dans sa « petite pièce bleue » quand il posait son sax sur ses compos à elle. D'ailleurs, ils avaient interprété une de ses chansons ce soir-là et une reprise d'un titre de Bertier, pour le plus grand plaisir de toute la famille. Il y avait eu aussi le montage photo avec la chanson d'Elysian Fields en fond sonore qui avait été présenté à toute la famille.

Mamou et lui s'étaient retrouvés. Le corps de la sexagénaire s'était laissé aller contre le sien en un moment très tendre. Il l'avait rejointe à la cuisine et l'avait enlacée gentiment en lui murmurant à l'oreille « la relève est assurée »… Il ne savait pas ce qu'elle avait compris à cette petite phrase. Myrtille et Austin avaient-ils un avenir musical tracé devant eux ? Seraient-ils le couple que B. et lui n'auraient jamais pu former ? Mamou n'en savait rien. Juste son Adam contre elle, qui la serrait dans ses bras, qui lui parlait doucement, dont elle ne pouvait voir les yeux – elle était pourtant sûre qu'ils brillaient de ce feu qu'elle connaissait si bien et qu'elle aimait tant. Il était certain qu'elle s'était sentie perdre trente ans. Au début, quand elle avait fait sa connaissance, qu'elle était éblouie par son allure, son aura et ses talents…

Mais bon, revenons à ce qui nous occupe. Adam qui somnolait dans l'avion le ramenant à Londres… Il ne restait plus que quelques minutes et le petit trajet serait terminé. On arrivait en vue de Gatwick.

Mary regardait son mari dont le sommeil paisible la ravissait. Elle aimait regarder les mouvements presque imperceptibles de ses paupières. Elle se demandait à quoi il rêvait. Sans doute à cette semaine de vacances dans la « grande maison »… À ces retrouvailles, à Mamou qu'il avait revue, aux enregistrements qu'il avait proposés à Myrtille et Austin…

La voix dans le micro annonçait l'atterrissage et le fait qu'il faille remettre sa ceinture. Mary toucha légèrement le bras d'Adam.

— On arrive d'ici quelques minutes. Tu raccroches ta ceinture ?

L'homme ouvrit les yeux avec difficulté : ce rêve qu'il quittait était vraiment très chouette. *Dommage*, pensa-t-il… Il demanderait à Mary de conduire pour leur retour. Peut-être s'endormirait-il encore…

2. Rentrées scolaires

— Alors, Myrtille, comment se sont passées tes vacances ?

— Bien… très bien, même.

Clémence regardait les yeux rêveurs de son amie. Elles se connaissaient depuis quatre ans et elles étaient inséparables depuis leur rencontre.

— On dirait que tu as de bons souvenirs… Raconte…

— Et bien, j'ai rencontré quelqu'un !

— Oh ? Il est beau ?

— Ouiiiii… mais pas que…

— Quoi d'autre, alors ?

— On a donné un concert tous les deux…

— Wahouuu… Un musicien, alors ?

— Tout juste : un pianiste.

— Et c'est qui ?

Myrtille se taisait à présent. Elle se rappelait de cette semaine de juillet, des « faux cousins », comme elle les appelait, rencontrés en Ardèche dans la « grande maison », de Papou et Mamou. Cela avait été l'éclate : les nuits sous la tente, tout ce qu'ils avaient découvert : pas que la musique, des bribes de l'histoire de Mamou aussi et celle du papa d'Austin. Cela avait été magique. Il y avait ce petit goût d'interdit, ce fameux livre lu à la lueur d'une lampe de poche, sa voix qui se mêlait aux notes de son amoureux, leurs baisers, la tendresse de leurs étreintes et puis cette porte entrouverte sur la sensualité, le plaisir et leur partage au-delà des mots... Elle n'oublierait jamais cet été...

— Il s'appelle Austin et il est... formidable.

— Vous vous voyez toujours ?

— Il habite Londres. Il va passer son audition d'entrée dans une école de musique super-pro.

— Arf, moche ça... Enfin, non, je voulais dire : moche que vous soyez si loin.

— Tu sais, y a Skype, mais c'est pas pareil que pouvoir être dans ses bras ou faire de la musique ensemble ou le regarder, tout simplement...

— Il est vraiment si beau que ça ?

— Il est... canon...

— Raconte : il est comment ?

— Eh bien, il a les yeux verts, des longs cils, des cheveux châtain foncé. Je pense que c'est la première fois que je suis amoureuse...

— Vrai de vrai ?

— Comme tu dis... Quand on était à deux, on était comme suspendus...

— Oh ?

— Enfin, moi, je l'étais. Il est secret comme garçon. Il ne parle pas énormément. Mais quand on faisait de la musique ensemble, c'était comme si je pouvais entrer dans son âme...

— Comme t'y vas, toi ! Et vous faisiez quoi, comme musique ?

— Ben, je chantais et lui, il m'accompagnait au piano. Et puis, on a mené une enquête ensemble..., dit-elle d'un air mystérieux.

— Ah oui ? Un... meurtre ?

— Mais non, enfin, une... histoire d'amour, plutôt.

— Intéressant, dis. Entre qui et qui ? Et pourquoi c'était mystérieux ?

— Ça, c'est un secret d'il y a longtemps. On n'a jamais su le fin mot de l'histoire mais cela concernait ma grand-mère et le père d'Austin.

— Mais… ils n'ont pas le même âge, je me trompe.

— Voilà, c'est ça, justement. Une histoire impossible mais à mon idée, forte et belle.

Clémence avait les yeux écarquillés. Non, Myrtille n'allait pas raconter en détail ce qu'elle pensait être arrivé entre Mamou et Adam. Il n'y avait sans doute rien de réel : plutôt une bonne dose de romance et de l'imagination, mais cela devait se nicher au creux du cœur et du ventre de son aïeule… C'était privé et elle n'en dit pas plus.

— Tu me racontes ?

— Cela me gêne un peu : c'est tout de même l'intimité de deux grandes personnes… Et ni l'un ni l'autre ne nous a fait de confidences.

— Ah oui… Donc, c'est juste… des suppositions.

— Voilà. Mais ça nous a tout de même bien étonnés, tu sais, de découvrir tout ça. Je t'en parlerai peut-être un jour, quand tu seras grande, lui confia Myrtille en lui faisant un clin d'œil.

Son amie avait compris qu'il était inutile de poser d'autres questions au sujet de ce secret, et les jeunes filles parlèrent de musique jusqu'à l'entrée en classe. Elles commençaient par un cours d'anglais et ensuite, elles devaient se farcir Madame Bondroit, une femme raide et sèche qui enseignait les maths. Ensuite, il y aurait la récré. Et puis, on réenchaînerait avec deux heures de français, pause de midi. L'après-midi, sport et science. Rien de bien emballant.

Myrtille avait hâte de terminer cette première journée de classe pour retrouver Austin sur internet. Lui, il n'avait pas encore commencé ses cours. Elle voulait lui raconter sa rentrée. Ils avaient donc convenu de se parler en début de soirée. Elle rentra chez elle. Elisabeth, Alexandre et Marin n'étaient pas encore à la maison. Elle grimpa sans tarder dans la petite pièce où elle chantait. Ce n'était pas un véritable studio. C'était son père qui avait aménagé un endroit dans leur ancienne salle de jeux : une console, un petit clavier midi, histoire de repérer les notes à chanter, un micro, un casque, un tabouret, un pupitre et un paravent, entourant le tout.

Elle prit un vieux classeur, choisit une chanson, l'accrocha sur une plaque avec une pince – ça, c'était un cadeau de Mamou : elle était jolie avec son décor bleu pervenche et ses dessins à l'encre de Chine de fleurs et d'oiseaux… Elle la disposa sur le pupitre, alluma la console, y ficha une petite clé USB, mit le casque sur ses oreilles et sélectionna *A Thousand Miles* dans les fichiers contenus par la clé USB bleue, elle aussi – toujours un cadeau de Mamou.

A Thousand Miles, cette chanson datant de plus de trente ans qu'ils avaient bossée, Austin et elle, pour le concert de ce dimanche de juillet. Elle s'assit sur le tabouret, régla la hauteur du micro-chant et laissa vagabonder son esprit. Comme il s'était passé des choses en un peu moins de deux mois. D'abord, elle s'était découvert une passion pour le chant, la pop anglaise, plus particulièrement. Elle avait rencontré Austin. Et puis, elle et Mamou avaient appris à se connaître mieux. Elle aimait sa grand-mère, elle se sentait bien avec elle. C'était bizarre, malgré son âge – elle avait tout de même presque septante ans – cette femme était vive d'esprit et taquine. Elle pouvait se montrer légère mais elle savait ce qu'elle voulait aussi... Une personne complexe, en fait.

Elle plaça la plaque rigide bleue sur le pupitre et enfonça le bouton play de la petite console. C'était encore un cadeau de Mamou. Celle-ci lui avait raconté que des années auparavant, quand elle chantait en public ou quand elle enregistrait, c'était de ce matériel dont elle se servait. Il n'était pas compliqué à utiliser et Myrtille pourrait tout à loisir travailler ses chansons et les immortaliser à sa guise. L'adolescente était intriguée, mais elle avait accepté le cadeau. Elisabeth était heureuse de la complicité entre sa fille et sa mère à elle. Elle avait été heureuse qu'Alexandre installe tout cela sans poser de questions ni faire de commentaires.

Le casque sur les oreilles, Myrtille écoutait l'intro de la chanson. Il ne s'agissait pas d'un vulgaire play-back instrumental du morceau mais de ce qu'Austin avait joué lors du concert. Adam avait eu la bonne idée d'enregistrer la prestation en entier, piste par piste. Myrtille écoutait parfois sa grand-mère et le père d'Austin au casque. Cela avait été magique, leur complicité. Donc, la jeune fille attendait religieusement que l'intro soit terminée avant de commencer à chanter. Voilà, d'ici deux mesures, ce serait à son tour d'entrer...

Un tourbillon de souvenirs : les yeux d'Austin, ses regards écume, le petit signe qu'il lui avait fait pour qu'elle démarre le chant pile au bon moment... Une bouffée de plaisir. Si elle n'avait pas été aussi attentive, elle aurait loupé son entrée ici. C'était gai de se replonger là-dedans mais aussi de... chanter. Elle s'était dit qu'elle demanderait à Austin quelles chansons il travaillerait cette année afin qu'ils puissent bosser quand ils se verraient aux prochaines vacances. Au moins deux longs mois à attendre et puis, elle espérait qu'il viendrait passer quelques jours en Belgique…

— Myrtille, t'es en haut ?

Finie, la petite pause, la voix d'Alexandre se faisait entendre. Il était presque dix-huit heures.

— Oui, j'écoutais Mamou et Adam.

— Et tu chantais ! Je t'ai entendue, tu sais… Tu as fini ton travail scolaire ?

— Oui. On n'a pas encore grand-chose à faire puisque c'était la rentrée, aujourd'hui…

— C'est vrai. Tu viens me donner un coup de main ?

— Tu as fait des courses et je dois ranger avec toi ?

— Oui et aussi m'aider pour le souper. Ta maman rentre plus tard : réunion de profs jusque vingt heures, je pense.

Myrtille descendit du premier étage.

— On mange quoi ?

— Oh, rien de bien compliqué : Marin est repassé chercher une portion de frites géante, et moi, je vais cuire les steaks. Si tu pouvais t'occuper de la salade de tomates…

— Ok. Tu as repris des œufs ?

— Oui, ils sont déjà dans le panier…

Père et fille s'activèrent un peu à la cuisine. Marin débarqua avec les frites et c'est moins de vingt minutes plus tard qu'ils passèrent à table. Les courses avaient été rangées, deux œufs cuits durs et la viande à point. Tout en soupant, chacun parlait de sa journée. Myrtille était impatiente de retrouver Austin sur Skype. Elle zappa le dessert et monta dans sa chambre quatre à quatre. Elle venait de recevoir un SMS de son ami lui demandant si elle était dispo pour bavarder un peu…

Londres (fin septembre)

La rentrée des classes approchait pour Austin et Duncan. Pour Duncan, dans un collège qui se situait près de Camden. Cela y serait sa dernière année. Comme c'était un établissement bilingue, il pouvait y pratiquer aussi bien le français que l'anglais. Pour Austin, par contre, les choses n'allaient pas mal changer. Ses parents et lui avaient longuement discuté de son avenir. Cela faisait bien un peu peur à Mary, mais au final, il décida qu'il irait dans une école de musique réputée. Y entrer avait été plutôt difficile. D'abord parce que les auditions d'admission avaient eu lieu en avril et que comme il s'était décidé assez tard, il aurait normalement dû attendre l'examen suivant. Cependant, Miss Bee, son prof de piano, avec obstination et persévérance, était allée trouver le directeur et l'un ou l'autre enseignant qu'elle avait eus lors de son passage dans les murs de ce collège. Et finalement, c'est toute bouillonnante d'excitation qu'elle avait téléphoné un soir à Adam. Oui, Austin pourrait bien présenter cette fameuse audition. Elle s'était démenée et avait fait jouer le fait que le jeune homme avait participé aux sessions d'été. Il serait prêt. De toute manière, l'enseignement de l'instrument y était individualisé. Elle l'avait écouté quand il était rentré de sa semaine en Ardèche et avait été impressionnée par les progrès qu'il avait faits. Bien sûr, être en situation, monter un programme en une semaine, jouer tandis que quelqu'un d'autre chante et être confronté à un public, c'est tout un apprentissage. Et le fait qu'Austin se soit acharné de cette manière pour que tout soit au point malgré le délai était tout de même prometteur de progrès tout aussi rapides s'il parvenait à franchir l'étape « audition d'entrée ».

Très investie dans sa « mission d'enseignante », Miss Bee accompagna le jeune garçon le jour J pour cette fameuse admission. Malheureusement, ni Mary ni Adam ne pouvaient y assister. Les auditions se passaient à huis clos. Il avait eu l'occasion de travailler avec une chanteuse lors de la session d'été : une petite brune avec une voix légère, plus que celle de Myrtille, d'ailleurs. Elle avait l'avantage d'être anglophone et même si elle ne connaissait pas les titres au répertoire d'Adam, leurs séances à deux lui avaient permis d'assurer lors du concert que les stagiaires présentaient en fin de semaine.

C'est donc à peu près confiant qu'Austin se présenta ce jeudi-là, le vingt-neuf septembre… La rentrée était prévue pour le lundi suivant. Il ne fallait pas « louper le coche » parce que sinon, il devrait attendre une année supplémentaire pour tenter le coup.

L'audition avait lieu en fin de journée, à dix-sept heures. Il retrouva la petite chanteuse. Ils se mirent l'un en doigts, l'autre en voix juste avant. Et c'est le cœur battant et les jambes un peu molles qu'ils montèrent sur scène. L'école trouvait qu'il était important pour les jeunes de son âge d'être capable de « faire le show ». Cela ne faisait pas peur du tout à Austin. Sa prestation de juillet avec Myrtille lui avait donné des ailes et celle de la fin du stage en août aussi… Il fallait juste qu'il calme un peu son stress, mais il s'en savait capable. Et puis, être trop détendu, ce n'était pas bon non plus donc…

Le piano l'attendait, ouvert. Un micro était fixé sur un pied pour la demoiselle l'accompagnant. Ils sortirent des coulisses très calmement. Austin s'installa sur le tabouret face à l'instrument. Du bout des doigts, il effleura les touches une première fois. Il avait déjà eu l'occasion de jouer sur ce Steinway. Ce n'était pas vraiment l'idéal pour le répertoire qu'il allait aborder, mais un instrument de cette classe, c'était tout de même une aubaine... La jeune chanteuse rejoignit l'avant de la scène. Comme le pianiste et elle avaient répété dans la même disposition que Myrtille et Austin, la demoiselle prit le pied et rejoignit le creux du piano. Cela leur permettrait de se regarder en cas de problème.

Lors du concert dans le grenier de la « grande maison », Austin et Myrtille avaient commencé par *Because*, des Beatles. Le pianiste et la chanteuse feraient pareil. La voix de la jeune fille s'éleva, un peu frêle. Elle n'allait pas se casser. Ils avaient convenu de commencer en piano et de « gonfler » petit à petit. Suivirent *A Thousand Miles*, *Lady* et les autres titres qu'Austin et son amie avaient bossés en été.

Contrairement à Myrtille, la voix de la demoiselle était légère, moins corsée. Mais elle s'en tira bien. Comme l'anglais ne posait pas de soucis pour elle, elle avait appris les quelques chansons qu'elle ne connaissait pas en peu de temps. Les premiers jours du stage estival avaient été mis à profit pour cela. Et puis, il y avait eu les peaufinages, les conventions de tempo, de nuances, bref, un travail d'écoute mutuelle.

De temps en temps, ils s'étaient regardés, histoire de se rassurer l'un l'autre. Dans l'ensemble, leur prestation s'était bien passée. Après un petit salut aux membres du jury, ils quittèrent la scène.

Instinctivement, Austin prit son GSM qui était dans la poche de son jeans et qu'il avait senti vibrer juste avant son audition. Il sourit.

Tu es prêt, j'ai toute confiance en toi...

Ça, c'était des encouragements de sa prof. !

La force est en toi, mon grand !

Il reconnaissait le style direct et sans ambages de son père, son self-contrôle et sa retenue. Jamais un mot de trop.

Fonce. Ce que tu fais, c'est toujours beau...

Ça, c'était Mary, sensible et aimante.

Je t'aime. Tu vas déchirer... Baisers.

Myrtille, sa Myrtille chérie. Il eut un petit sourire. Ils se parleraient sur Skype ce soir… Il lui raconterait.

Son professeur l'attendait. Elle lui posa des questions précises sur la manière dont les choses s'étaient passées, si la connexion avec la chanteuse avait bien eu lieu… Il répondit par l'affirmative. Il n'y avait pas eu d'accrocs et les regards qu'ils s'étaient jetés de temps en temps les avaient reliés.

Après dix longues minutes, le jury, deux hommes et deux femmes, les rejoignit. Un des messieurs prit la parole :

— Votre prestation était très prometteuse… On voit que vous êtes aguerri à la formule piano-voix. Nous comptons sur vous pour notre prochaine rentrée qui a lieu le lundi trois octobre. Après, il y aura du travail et encore du travail, mais vous êtes sur la bonne voie !

Les dames hochaient la tête de manière convaincue et l'autre monsieur se tirait sur la moustache…

Austin prit son GSM et appela son père. Celui-ci le félicita. Il y avait dans ses mots comme une pointe d'envie.

Il aurait aimé, lui aussi, pouvoir, en son temps, suivre des cours de sax dans un établissement aussi bien coté. Et finalement, il avait suivi un cursus pour être ingé-son et cela lui avait parfaitement réussi... Adam lui passa Mary qui, des larmes dans la voix, lui dit combien elle était fière de lui. Ensuite, Austin refila le GSM à son professeur et les deux jeunes femmes conversèrent un peu. La pianiste raccompagnerait son élève et resterait souper. Le jeune homme avait hâte de retrouver Myrtille. Il lui envoya un petit SMS.

Voilà : les doigts dans le nez... On se parle sur Skype ce soir ? Bizz

Quand ils arrivèrent à la maison familiale, il y régnait une bonne odeur de repas. *Oh*, pensa Austin, *la fameuse recette de lasagnes aux deux saumons dont Mamou avait fait cadeau à Mary.* Duncan s'était attaché à réussir une autre de ses recettes, celle de la mousse au chocolat ! Des verrines étaient déjà au frigo : ils en prendraient pour le dessert.

La conversation, évidemment, tournait autour de la rentrée scolaire toute proche d'Austin. Son professeur lui expliqua qu'outre le travail qu'il avait fourni pour son audition d'admission, il devrait s'atteler à de la technique pure, rébarbative, oui, mais passage obligé, à l'étude d'œuvres plus classiques, du baroque et surtout du romantique. Il n'avait pas encore abordé ce genre de chose, mais avec la passion et le travail, on est souvent capable de déplacer des montagnes...

Une demi-heure plus tard, Austin quitta discrètement la table. Il voulait retrouver Myrtille et lui raconter. Outre leurs baisers et leurs étreintes discrètes, une réelle complicité les liait. Les ados se ressemblaient peu. Contrairement au tempérament pétillant de la jeune fille, son ami était plus réservé, beaucoup plus réservé. Son visage était expressif, certes : il n'était pas difficile de savoir s'il était heureux ou tracassé, mais il y avait toujours de la retenue dans ses mots. En cela, il semblait avoir pris tous les côtés discrets de son père. Une des choses qui les différenciaient cependant, c'était le fait qu'Austin aime être sur scène, que cela l'illuminait et l'épanouissait. Alors que son père cherchait toujours à être « un peu caché ». D'ailleurs, après avoir été saxophoniste dans un groupe de jazz et guitariste, bassiste et batteur – mais oui, tout cela en une seule prestation – dans un autre, il avait pris le chemin du fond de la salle, derrière la console de mixage… Il s'occupait des boutons, des curseurs. C'était vraiment son trip. Et c'était ça qui le rendait heureux, oui, heureux. Myrtille, quant à elle, était solaire, comme on dit. En société, elle était lumineuse, resplendissante. Dans l'intimité, elle gardait cette fougue, mais pouvait se montrer très tendre aussi. Elle était toujours remplie d'idées et d'énergie. Elle aimait les gens et tâchait de les comprendre. Il lui arrivait parfois de secouer Austin, mais dans le fond, celui-ci ne lui en voulait absolument pas. Il savait qu'elle faisait ce genre de choses avec de bonnes intentions. Cela lui faisait du bien.

Austin s'assit donc devant son ordi portable, ouvrit Skype et, voyant la petite boule verte à côté du nom de Myrtille, commença par lui envoyer un petit « T'es là ? » Il y eut un petit bruit et puis un autre, comme un téléphone qui sonne. Il se dépêcha de « décrocher ». Et là, la voix de Myrtille…

— Alors, raconte !

— Mais qu'est-ce que tu veux que je te dise ?

— T'étais pas trop stressé ?

— Non, ça allait.

— T'as fait des fausses notes ?

— Un peu, mais bon, j'ai pas déstabilisé la chanteuse…

— T'aurais voulu que ce soit moi à sa place ?

— Hmmmm

Et comment, il aurait voulu ! Il se rappelait de ce concert du mois de juillet. De l'ambiance cosy du grenier. De tout ce qu'ils avaient découvert en une semaine : l'histoire de la grand-mère de Myrtille, le petit bouquin qu'elle avait écrit, leurs nuits sous la tente, leurs baisers et surtout, la musique, et encore la musique… Cela avait été prodigieux. Et puis, le fait que son père ait proposé à Élisabeth de lui envoyer Myrtille pour les enregistrer elle et lui : ça avait été la cerise sur le gâteau, vraiment.

Ils passèrent un bout de soirée connectés, à se parler très simplement de la future rentrée du pianiste et de celle déjà passée de la chanteuse. Ils étaient heureux de partager un bonheur aussi simple… Myrtille termina la conversation par un :

— Tu me raconteras pour ta musique, hein ?

— Oui, compte sur moi.

— On se reparle bien vite ?

— Fais-moi signe quand tu te connectes.

— Ok. J'ai hâte. Je t'embrasse…

— Moi aussi. Bisous.

— Prends soin de toi…

— Toi aussi

Et cette nuit-là, je vous garantis qu'elle fut sans l'ombre d'un nuage, sans rêves qui tourmentent. Juste le bonheur d'être certain de l'amour de l'autre, même s'il est à des kilomètres de soi...

3. Pianistes...

Audition d'entrée (septembre plus de cinquante ans auparavant – flashback 2)

Heureusement, sa deuxième session s'était bien passée. Elle avait obtenu des notes tellement bonnes que personne n'avait compris pourquoi elle avait eu ces examens à représenter. Enfin, c'était derrière elle à présent. Ce qui comptait, c'était la musique et rien que la musique.

Durant les vacances, elle avait été suivie par un excellent professeur qui avait, si on peut dire, redressé la barre. Travail d'attaque, de phrasé, de nuances aussi et surtout, travail de la pensée musicale. C'était, pour l'homme, la chose principale à devoir former : la pensée musicale. C'était par elle que tout pouvait s'exprimer. « Réfléchissez correctement, posément et vous pourrez dire ce que vous pensez de manière claire et précise ». Pour la musique, c'était pareil… Donc, elle avait appris à penser correctement la musique, et certaines choses s'étaient clarifiées d'elles-mêmes. Malheureusement, le jour de son audition d'entrée, le professeur chez qui elle avait décidé de continuer l'apprentissage du piano n'était pas là : juste les huiles de l'école, à ce qu'on lui avait dit. Le directeur et deux autres membres fondateurs de celle-ci. On fêtait cette année-là le dixième anniversaire de sa fondation…

Tout s'était bien passé. On lui avait demandé de jouer le mouvement de sonate de Beethoven qu'elle avait préparé ainsi que le Prélude et Fugue de Bach qu'elle préférait – elle avait dû en préparer deux –, et une étude opus posthume de Chopin dont la difficulté résidait dans le trois contre deux – pour faire simple, des triolets de croches à une main pendant que l'autre doit jouer des croches… mis à part la première note de chaque groupe, le reste était constamment décalé.

La lecture à vue de la partition de solfège ainsi que la dictée étaient passées comme lettre à la poste. Tout était bien…

Elle reprit le chemin de la gare pour rentrer à la maison familiale, les pieds et le cœur légers. Elle pensait « Je suis admise, je suis admise ». Elle ne se doutait pas que l'entrée était bien plus aisée que la sortie…

Les choses qui lui posèrent problème, au niveau de son cursus, ce fut d'abord le trac qui devenait de plus en plus insurmontable au fil de ses examens et, ensuite, le fait de devoir chanter en s'accompagnant. Elle se destinait à l'enseignement. Acquérir la deuxième compétence était obligatoire. Chanter seule lui avait fait peur un moment, mais elle semblait plus à l'aise, sans doute parce qu'elle était plus sûre des possibilités de sa voix. Par contre, mêler voix et instrument, c'était vraiment un souci. Cela viendrait sans doute avec le temps, mais justement, elle n'en avait pas des masses.

1er cours d'Austin

— Alors, on vous a prévenus qu'ici, ce serait… boulot, boulot et encore boulot ?

Le jeune homme regardait celle qui allait lui enseigner pendant une année scolaire au moins. Une femme d'une petite cinquantaine d'années portant les cheveux mi-longs,

dont les yeux d'un vert plus foncé que les siens étaient
pétillants, malgré le regard sévère qu'elle voulait lancer
à Austin.

Oui, elle savait qu'il avait passé l'audition d'entrée
« en dehors des dates ». Cela ne lui convenait pas, à elle.
Habituellement, elle assistait aux entrées des nouveaux et
avait le loisir de choisir l'un ou l'autre, plus doué, à son
idée. Ici, on lui avait imposé cet ado qui, d'après ce qu'on
lui avait dit, était vraiment au-dessus du lot. Il fallait qu'elle
le teste, histoire de connaître son niveau, et aussi – et
surtout –, qu'elle lui montre que c'était elle qui décidait
de tout : son futur répertoire, l'ordre dans lequel il allait
le travailler, s'il avait besoin d'entraîner sa technique ou
plutôt sa musicalité. Avait-il un bon sens du rythme ? À
quoi ressemblaient ses mains ? Elle le fit approcher.

— Montrez-moi vos mains, voulez-vous ?

Piteusement, Austin lui présenta ses doigts. Ceux-ci
étaient assez fins, mais ils avaient l'air solides. Elle prit ses
mains entre les siennes, les retourna et regarda ses paumes.
Elles étaient larges et semblaient musclées.

— Ok, fit-elle.

Elle semblait satisfaite. Elle imaginait déjà lui faire
jouer des compositeurs romantiques. C'était toujours par
là qu'elle commençait, histoire de délier les doigts, le corps
et surtout la pensée de ses élèves.

— Vous avez déjà joué du Chopin ?

— Euh, pas vraiment…

— Du Liszt non plus, j'imagine.

— Non plus…

Olala… ça s'annonçait mal pour un début…

— Vous avez joué quoi, alors ? Ce sera peut-être plus
facile dans ce sens-là, ajouta la quinquagénaire.

— Plus des trucs de maintenant, répondit Austin.

— C'est-à-dire ?

Le professeur n'avait pas l'air content. Mais qu'est-ce qu'on lui avait refilé comme élève, franchement. Et sa réponse « des trucs de maintenant »… Quelle allure, tout de même !

— Donnez-moi des noms de compositeurs, je vous prie.

— Ben, les Beatles, John Lennon…

— Ce ne sont pas des compositeurs, ça…

Ah non ? Austin se demanda ce qu'elle voulait dire. Il semblait tout dépité. Son audition s'était pourtant bien passée. Il avait été admis sans aucune hésitation. On lui avait dit bienvenue. Il ne comprenait rien à ce qui se passait…

— Vous allez me jouer l'une ou l'autre chose de ce que vous aviez présenté, et puis nous aviserons, lui dit-elle sèchement. Installez-vous à l'instrument.

— Je joue quelque chose avec beaucoup de… notes ?

— Oui, que je m'assure un peu de votre technique…

Il s'assit sur le tabouret, décida qu'il était trop haut, le fit descendre un peu et se réinstalla dessus. Il avait à présent les avant-bras bien parallèles au clavier, les poignets bas mais pas trop, les épaules détendues et le corps très droit. Ses pieds étaient solidement ancrés dans le sol. Il mit le droit sur la pédale résonnante et d'un geste souple, attaqua *A Thousand Miles*.

Son professeur eut un petit sursaut. Mon dieu, comme cela la replongeait dans de souvenirs doux. Elle se rappelait du clip de l'époque : une jeune pianiste sur une remorque de camion qui traversait une ville en chantant. Elle était plongée dans la musique. Sans s'en rendre compte, elle chantonnait la mélodie. Oui, elle avait travaillé cela quand elle avait une vingtaine d'années à peine. Ce n'était pas difficile à proprement parler et c'était plaisant à jouer. Elle avait eu du mal à chanter en jouant. D'ailleurs, le jeune homme qu'elle écoutait ne chantait pas non plus...

Quand la musique s'arrêta, elle resta sans rien dire, les yeux dans le vague...

— Quel drôle de choix, parvint-elle à dire. Ce n'est pas « un truc de maintenant », ça. Plutôt d'il y a trente ans...

— Oui, c'est vrai. C'est Miss Bee qui m'a fait bosser ça.

— Beatrix Moon ?

— Oui, je pense que c'est son nom. Vous la connaissez ?

— Si c'est elle, oui, elle a été mon élève il y a longtemps. Mais quelle drôle d'idée de vous avoir fait travailler « ça ».

— Ce n'est... pas bien ? demanda Austin, un peu ennuyé.

— Oh, si, c'est très bien, du moins, ce que vous en avez fait. Seulement, je ne comprends pas pourquoi elle ne vous a pas appris à jouer du Bach, ou du Brahms, ou du Debussy... Pourquoi de la pop ?

Le professeur le regarda de manière intriguée. Cette Beatrix était une bonne pianiste. Un peu fantaisiste, c'était vrai, mais quelqu'un de qualité, de posé, de réfléchi. Elle était vraiment étonnée.

— Je peux me permettre une question ?

— Oui...

— Comment avez-vous choisi ce professeur ? Vous l'avez trouvée sur le net ?

— C'est mon père qui l'a contactée...

— Ah ?

Elle allait d'étonnement en étonnement.

— Et qui est votre père ?

— Il s'appelle Adam, Adam Bertin.

— Je ne le connais pas. C'est un musicien ?

— Oui, si on veut…

— Comment ça, « si on veut » ?

— Et bien, il est ingé-son et aussi saxophoniste.

— Mais, j'y songe, Bee est pianiste de studio, c'est ça ?

— Oui, c'est de cette manière que mon père et elle se sont rencontrés : ils ont travaillé ensemble…

Ainsi, Beatrix avait choisi la voie du studio de manière définitive. *Quel gâchis*, pensa-t-elle, *elle aurait pu faire une carrière un peu plus exigeante*. Elle avait un réel talent, surtout pour la musique de chambre. Elle avait des aptitudes pour accompagner des chanteurs et… Voilà, c'était cela : elle avait mis son don au service de chanteurs actuels et ses bonnes bases en classique l'avaient aidée…

Elle était songeuse.

— Rappelez-moi, vous avez…

— J'ai ?

— Votre âge ?

— Seize ans…

— Alors, tout n'est pas perdu. Vous savez lire une partition ?

— Oui, mais je ne vais pas très vite…

— Je suppose que vous travaillez surtout à l'oreille ?

— Oui, et aussi grâce aux grilles d'accords des chansons et à des tutos sur Synthesia…

Ça existait toujours, ce truc ridicule d'il y a une bonne dizaine d'années ? Ah, ces jeunes qui pensaient savoir jouer du piano uniquement en regardant ces petits rectangles de couleur qui descendaient sur les notes à jouer… Pouah… Enfin, cet Austin avait prouvé avec son exécution de *A Thousand Miles* qu'il maîtrisait mieux l'instrument que certains autres qui se croyaient très fort. De plus, il semblait humble, pas imbu de lui-même. Avec une bonne prise en main…

— Ce sera… dur.

— Oui ?

— Vous allez devoir beaucoup travailler…

— Ça ne me fait pas peur.

— Bien dit. Pour le prochain cours, vous tâcherez de me préparer le premier prélude de Bach en Do majeur. Ce n'est pas difficile à déchiffrer. Allez vous informer au niveau du phrasé. Et puis, vous reverrez tous les accords majeurs en position fondamentale. Vous savez de quoi je parle ? Et vous les enchaînerez par tonalité. I – IV – V – I, dans tous les tons.

— Oui…, bredouilla Austin.

— Rendez-vous dans une semaine à… Vous vérifierez l'horaire au secrétariat des élèves. Ok ?

— Ok…

— Bon travail et ne me décevez pas. C'est déjà assez pénible d'avoir à enseigner des choses évidentes à des « musicos »…

Austin était partagé. Il aurait voulu lui dire, à cette prof de malheur, qu'il n'en avait rien à faire de Bach, que lui, c'était accompagner qui l'intéressait. Apprendre les accords, oui, mais pas besoin d'aller chercher ces vieux rats pour ça… Par contre, comme il savait qu'il était indispensable qu'il se familiarise avec un peu tous les styles de musique, il trouvait attentionné le fait que son nouveau professeur lui fasse travailler ce prélude précis. De quoi fixer Do Majeur, les tons voisins, les altérations accidentelles et le reste. Heureusement, Miss Bee lui avait déjà enseigné ces rudiments d'harmonie…

Il prit le métro jusque St Pancras. Moins de dix minutes suffisaient pour rejoindre la gare où sa mère l'attendait. Ils repasseraient chercher ensemble Duncan au collège où celui-ci était inscrit. Austin l'avait également fréquenté avant d'entrer dans son école de musique. Et puis, tous les trois, ils rejoindraient la banlieue de Londres où ils vivaient dans une jolie maison style cottage. Adam les rejoindrait vers dix-neuf heures pour le souper.

Durant le trajet, Austin raconta à Mary comment s'était passé le premier cours. Celle-ci souriait. Elle savait que les choses ne seraient pas faciles mais elle connaissait le tempérament tenace de son aîné. Et puis, et surtout, elle était consciente que si celui-ci s'était senti happé de la sorte par la musique, c'était en grande partie parce qu'il avait hérité du tempérament de son père, et aussi parce que l'expérience qu'il avait vécue en Ardèche avec la petite Myrtille était, pour lui, essentielle et décisive de tout ce qui se passait maintenant, de sa vie future, tout simplement…

4. Entre blanches et noires

Le visage d'Austin apparut sur l'écran.

— Hello ! Alors, ta première journée de cours ?

— Dur…

— Raconte.

— Ben, tu sais, c'est parce que je ne m'y attendais pas…

— À quoi ?

— À être retourné comme une crêpe par cette prof de piano…

— Ah… T'es déçu ?

— Non, pas vraiment, plutôt désarçonné…

— Mais, ça va aller, tu penses ?

— Oui. Il faudra que je m'accroche mais ça va aller…

— Tu dois préparer quoi pour le prochain cours ?

— Un truc de Bach et puis des enchaînements d'accords dans tous les tons.

— Et… c'est difficile, ça ?

— C'est surtout que je n'ai pas l'habitude de bosser comme ça. Tu sais, Miss Bee, elle me faisait écouter une chanson, on dégageait la structure, et puis on bossait les accords du morceau, juste ça.

— Pas « tous » les accords, c'est ce que tu veux dire ?

— Oui, voilà…

Ils continuèrent de parler musique. Austin prenait le temps d'expliquer à Myrtille comment il comprenait devoir bosser à présent. Il n'avait aucune idée de s'il était dans le juste mais cela n'avait pas d'importance : lui et elle se parlaient et c'était chouette. Elle le rassurait, lui donnait de la force. Elle était tout de même épatante, cette petite demoiselle…

À la fin de leur conversation, le pianiste lâcha le nom des compositeurs dont sa prof lui avait parlé : Bach, Brahms et Debussy.

— Tu dois travailler quelque chose de ces compositeurs-là ? demanda Myrtille.

— Oui, mais je ne sais pas encore quoi…

— Tu sais ce que je vais faire ?

— Dis-moi…

— Je vais en parler à Mamou. Tu sais qu'elle a fait des études de piano quand elle était jeune et puis elle a donné des cours… ? Elle pourrait peut-être t'aider.

— Mais c'est comme moi, elle fait de la pop…

Austin semblait un peu étonné.

— Au début, non, c'était classique et re-classique. Ça ne m'avait jamais beaucoup intéressée, ses histoires d'études, mais à présent que tu t'es lancé là-dedans…

— D'accord, répliqua Austin.

Mamou lui faisait un peu peur, ou plutôt, l'intimidait. Il se sentait petit vis-à-vis d'elle. Peut-être leur passion allait-elle les mener à une gentille complicité, comme celle qui les unissait, son père et elle. La musique, ça a ceci de magique que ça lie des gens n'ayant pas le même âge, la même situation, les mêmes buts dans la vie.

Il se demandait tout de même ce qui avait pu se passer entre Adam et elle…

— Dis, Myrtille, si on continuait notre enquête ?

— Notre enquête ?

— Oui, tu sais, comprendre ce qui lie mon père et ta grand-mère…

— C'est un peu… privé, tu ne trouves pas ?

— Oui et non. On sait déjà qu'ils ont bossé ensemble quand ils étaient jeunes, enfin, quand papa était jeune, parce qu'elle, elle ne devait plus trop l'être…

— Mais…, fit Myrtille d'un ton faussement fâché. Tu ne touches pas à Mamou, tu veux. Moi, je l'adore, et elle me le rend bien.

— Serais-tu sa petite-fille préférée ? répliqua Austin.

— Je n'irais pas jusque-là mais il y a quelque chose qui nous rapproche.

— Ah oui ?

— J'ai ses yeux et aussi son nez et quand elle n'avait pas encore tous ces fils argentés dans la chevelure, on devait avoir aussi la même couleur de tifs…

— Oui, mais ça, c'est l'extérieur… À l'intérieur, c'est comment ? Vous vous ressemblez aussi ?

— Je pense… Je n'en suis pas certaine, mais je dirais oui. Si c'est comme je le crois, nous avons un… penchant marqué pour les hommes de ta famille.

— D'où l'intérêt de continuer notre enquête…

Austin était toujours aussi charmé par Myrtille. Elle était nature, enjouée, folle de lui. Curieuse, aussi, mais respectueuse, surtout de Mamou. Alors oui, comme elle semblait d'accord, ils poursuivraient leur « quête de la vérité ». Ils le feraient gentiment, sans s'immiscer dans les sentiments ou les histoires des grands, juste pour savoir et surtout comprendre ce qui s'était passé il y a longtemps.

— Dis, Mamou, je voudrais te demander ton aide…

Myrtille était impatiente de raconter à sa grand-mère la conversation qu'Austin et elle avaient eue le jour de la rentrée du pianiste. Elle avait donc pris son téléphone portable et appelé l'aïeule.

— De quoi retourne-t-il ?

— Tu seras en Belgique vers la Toussaint ?

— Oui… On a projeté, ton grand-père et moi, de vous inviter tous pour Halloween, histoire de rassembler enfants et petits-enfants… Qu'est-ce que tu as derrière la tête ?

Alors l'ado parla de ses échanges sur Skype et du fait qu'Austin aurait besoin d'un coup de main qu'elle, Myrtille, était incapable de lui donner.

— Ne penses-tu pas que ce sera… trop tôt ? interrogea Mamou.

— Trop tôt dans quel sens ? Il ne sera jamais trop tôt pour qu'on se retrouve lui et moi, tu sais…

— Non, je ne voulais pas dire ça. Plutôt que s'il doit bosser une pièce entière d'un des compositeurs dont tu m'as parlé, c'est pas en un mois à peine que ça pourrait être possible…

Évidemment, Myrtille n'avait pas pensé à cela. Tout emballée par son projet, elle n'avait pas réfléchi au fait qu'Austin aurait besoin de plus de temps pour préparer un morceau classique d'une bonne dizaine de minutes que deux « petites » chansons de quatre ou cinq minutes chacune…

— Il pourrait venir passer une soirée avec vous, Papou, Mamou, et moi, évidemment, ici. Et puis, vous parleriez de morceaux classiques et ensuite…

— On l'inviterait pour les vacances de Noël ?

La jeune fille battait des mains intérieurement. Oui, c'était cela, exactement cela… Mamou était vraiment fine !

— On sera à nouveau dans la « grande maison », en France. Il fait plus chaud là-bas qu'ici, et plus sec aussi qu'à Londres !

— Je peux déjà lui en parler ?

— Je vais d'abord contacter Adam mais je dois attendre lundi prochain pour le faire…

— Ah ? Pourquoi ?

— Parce que cela fait partie de nos arrangements…

Myrtille était intriguée. Combien il y avait de mystères dans cette situation. Si elle avait besoin de l'accord du papa d'Austin, c'était pas compliqué : il suffisait que sa grand-mère lui envoie un SMS ou un mail et hop, le tour était joué. Mais ici, cela prenait des allures étranges et tordues… Enfin, c'était peut-être une question d'âge, de génération. Maintenant, on faisait court et simple…

Mamou et Adam

— Donc, tu voudrais inviter Austin à venir passer quelques jours dans la « grande maison » en décembre, c'est ça ?

Au final, Mamou s'était dit que le téléphone, c'était pas mal… Elle aimait entendre la voix de l'homme, un peu sourde. Le débit de ses mots était toujours un brin rapide, mais parfois, il restait silencieux. Elle ne le voyait pas, non, mais elle l'imaginait tout à fait, les sourcils froncés et les cils battants, signe de son trouble ou du fait qu'il s'interrogeait…

Après quelques secondes, il lui répondit que Mary et lui allaient en parler. Et qu'il lui communiquerait leur réponse au plus vite.

— Tu nous invites tous les quatre ou cela ne concerne qu'Austin ?

— C'est comme vous décidez avec Mary. De toute façon, il y a de la place, comme tu le sais. Moins qu'en été parce que planter la tente au jardin en décembre, c'est peut-être un peu risqué. Mais je n'ai encore pris aucun arrangement avec mes autres enfants. Je proposerai à Elisabeth et Alexandre de nous rejoindre, histoire que Myrtille et Austin puissent se retrouver…

— Excellente idée…

— Tu sais, c'est Myrtille qui a combiné tout ça. Elle m'a demandé si je pouvais donner quelques conseils à ton musicien de fils et…

— Je vois que la demoiselle marche dans les pas de sa grand-mère…

— Ah ? Et pourquoi ça ?

— Parce qu'elle aime les manigances et que tout ce qu'elle a prévu se déroule comme elle l'entend…

Mamou ne savait que dire… Oui, il avait raison, dans le fond, mais c'était il y a si longtemps qu'elle tâchait de ranger ces souvenirs-là dans son armoire à secrets. Elle espérait tout de même que ces choses d'avant n'auraient aucune répercussion sur l'histoire qui liait Austin et Myrtille. Il y avait davantage de choses qui les rapprochaient que ce qui aurait pu exister entre elle et Adam.

— Tu m'en veux pour ça ?

— Ça quoi ? Le fait que tu invites Austin pour que Myrtille et lui puissent… ?

— Non. Pour ces années où je tentais constamment d'être en contact avec toi, pour toutes ces occasions où on aurait pu faire des choses ensemble et que tu as écartées...

— Je ne t'en veux plus.

— Mais ça a été le cas ?

— Oui, et pendant longtemps, j'avoue...

— Pourquoi ?

— Tu penses que c'était facile pour moi de me sentir coincé de cette manière ?

— C'est comme ça que tu voyais les choses ?

— À peu près, oui... Je ne comprenais pas pourquoi tu t'intéressais à moi comme ça...

— Au début, j'avoue que j'ai été séduite par ton extérieur...

— Et ensuite ?

— Ensuite, c'était... tout... Enfin, pas que l'extérieur, je veux dire...

Adam attendait la suite. Il y eut un silence d'une vingtaine de secondes...

— En fait, ce qui me plaisait, c'était ce que tu dégageais, et aussi et surtout, que je sois complètement transportée quand on se parlait.

— Mais je n'ai rien fait pour provoquer ça...

— Je le sais. Mais c'était plus fort que moi : j'avais beau me dire que c'était une folie de tomber amoureuse, je n'ai pas pu... résister.

— « C'est un tourbillon comme dans la chanson, un air de garçonne qui vous empoisonne gaiement »...?

— Oui, c'est tout à fait ça. On se sent happé par les sentiments, quoi qu'on fasse... « Comment veux-tu que je ne te saute pas dessus... », Adam...

Ça, songea-t-elle, *c'est vraiment ce que j'ai pensé pendant des années. Comment j'ai pu tenir le coup sans jamais le toucher, ne fut-ce que le bras ou la main ? Oui, c'est arrivé une fois, quand je lui avais offert des chocolats et qu'il m'a dit qu'il était au régime parce qu'il avait le cœur fragile...* Bon dieu, comme elle avait eu peur. Elle avait posé sa main sur l'avant-bras de l'homme en lui disant « Mais non, rassure-moi ». Et celui-ci lui avait souri en lui rétorquant que non, qu'il allait très bien, que c'était juste pour la taquiner...

Parler simplement de ses sentiments, alors qu'il y avait si longtemps qu'elle l'aimait, profondément, c'était aussi libérateur. Elle n'aurait eu qu'une envie durant toutes ces années : lui expliquer combien la situation l'avait rendue malheureuse et la rendait toujours malheureuse. Enfin, cela allait mieux depuis qu'ils s'étaient revus dans la « grande maison ». Adam avait vraiment mûri. On aurait dit que voir Austin et Myrtille aussi amoureux lui avait ouvert les yeux. Ils étaient jeunes, certes, mais la jeune fille avait la tête sur les épaules. Elle était vive, agréable à vivre et c'était ce dont Austin avait besoin. Si Adam avait eu davantage de recul, il aurait sans doute compris bien plus tôt qu'entretenir une relation avec Mamou lui aurait été bénéfique... Elle n'aurait jamais quitté son mari, de toute manière, mais ils auraient pu faire davantage de musique ensemble, ils auraient pu être amis, réellement amis. À la place de cela, il y avait eu toutes ces ignorances qui l'avaient contrainte à essayer de l'oublier. Combien elle avait fait d'efforts sans y parvenir. Et à présent, c'était ces jeunes gens qui allaient... comme réparer ces incompréhensions et ces silences.

Il y eut des interruptions dans la conversation : pas en raison d'une mauvaise communication, plutôt parce que ce que les interlocuteurs partageaient était profond, cela remuait les souvenirs, les douleurs, les chagrins, les malaises. Mamou avait la gorge très serrée. Quand ils raccrochèrent, elle fondit en larmes : la situation avait été vraiment trop éprouvante. Depuis des années, ils auraient dû parler de tout cela, mais Adam... Son Adam était toujours tellement sur la défensive...

Ce serait formidable si les choses se clarifiaient à présent.

Adam et Austin

— Alors, comme ça, on s'invite chez Mamou et Papou ? jeta Adam à Austin le mardi matin suivant...

— Euh... comment ça ?

— Myrtille ne t'a rien dit ? Je pensais qu'elle aurait la langue plus pendue...

— Mais je ne vois pas, dit Austin, de plus en plus ennuyé.

Il ne savait pas si son père blaguait, ou si ce qu'il racontait était vrai...

— J'ai reçu un coup de fil de Mamou hier soir...

— Ah ? Pour dire quoi ?

— Pour t'inviter, d'abord rien que toi, à Namur, et ensuite, toute la famille dans la « grande maison »... Tu n'étais pas au courant ?

— Mais non...

Ainsi, Myrtille avait parlé à Mamou, qui avait téléphoné à son père... Quelle histoire tout de même...

— Et vous avez projeté quoi d'autre, avec Myrtille ?

— Rien... on s'était juste parlé de ma rentrée. Je lui ai dit pour ma nouvelle prof, le boulot qu'elle m'avait donné, et que j'étais décontenancé que le premier cours ait tourné de cette manière.

— Qu'est-ce que tu entends par là ? Ça s'est mal passé ?

— Oui et non. Elle m'a donné pas mal de boulot, et ce n'est que le début…

— Comment ça ?

— Je devrai bosser des pièces plus « classiques » si tu vois ce que je veux dire…

— Et ça te fait peur ?

— Non, ce n'est pas vraiment ça, c'est plutôt que, comme c'est nouveau pour moi, je ne sais pas bien comment je devrais m'y prendre…

— Je vois, oui. Donc, tu en as parlé à Myrtille, qui s'est empressée de le répéter à sa grand-mère ?

— Je ne lui ai pas demandé de faire une chose pareille, tu sais…

— Je m'en doute, mais tu vois, Myrtille a anticipé le truc et… nous irons passer quelques jours dans la « grande maison » en décembre.

Austin et Adam se regardaient, les yeux brillants. Austin avait imaginé, dans un premier temps, que son père n'était pas d'accord, mais à présent, comme ce dernier lui souriait, il était rassuré.

— Il y a même une petite avance, si on peut dire. Tu iras passer deux jours en Belgique, un peu après la Toussaint, histoire de montrer à Mamou ce que tu dois travailler niveau classique, pour qu'en décembre, elle sache t'aider de manière précise… On a essayé de s'arranger pour la semaine de congé, mais c'est différent ici et en Belgique, donc…

— Elle… va me donner cours ?

— Oui, enfin, non. Je pense qu'elle va juste te donner des conseils. Ce sera théorique fin octobre, et plus pratique aux vacances de Noël…

C'était précisément ce dont il aurait besoin… Des conseils « théoriques » et ensuite, de la pratique. Mentalement, il remercia Myrtille. Elle lui avait donné le petit coup de pouce qui fait tout, et ils allaient se revoir… Son père n'avait pas précisé pour octobre mais en décembre, ce serait sûr !

— Et maman, elle est d'accord ?

— Mais oui, évidemment. D'ailleurs, elle m'a dit qu'elle avait encore des recettes à expérimenter avec Mamou et que ce serait l'occasion…

— En octobre, j'irai tout seul ?

— Oui… en Eurostar, comme un grand !

— Chic… Oh, papa, comme je suis heureux… Je vais loger chez Mamou, alors ?

— Oui… Papou viendra te chercher à Bruxelles-Midi…

Il fallait qu'Austin parle de tout cela à Myrtille. Il fallait qu'ils se voient à ce moment-là. Il fallait qu'il sache quels morceaux il aurait à travailler. Il fallait…

Il avait le cœur tout léger, les mains virevoltantes, et c'est tout reboosté qu'il retrouva son prof pour un deuxième cours, deux jours plus tard.

5. Cours en vrac

Guitare (septembre l'année des 20 ans d'Adam – flashback 3)

Vous voyez, ces escaliers interminables, ces couloirs dans lesquels on s'engouffre et dont on a l'impression qu'ils n'ont pas de fin ? C'est cela qu'Adam ressentait en pénétrant dans l'endroit où il allait bosser toute une année scolaire.

Oui, la traditionnelle réunion de rentrée avait eu lieu. On leur avait attribué à chacun un local. Il y avait du matériel à installer avant de commencer mais cela irait vite : il suffisait qu'il se pointe moins de quinze minutes avant de débuter, qu'il aille signer son arrivée au secrétariat, qu'il se rende dans la pièce où étaient entreposés les amplis divers, qu'il en choisisse un et le transporte jusqu'au rez-de-chaussée. Pas triste, la meuf qui l'avait engagé ; elle avait sans doute prévu que tous les hommes qui avaient besoin d'amplifier leurs instruments avaient de « gros bras bien musclés ». Ce n'était pas vraiment le cas le concernant mais bon, on n'allait pas rouspéter. Il était content de pouvoir se faire un peu de fric en bossant le samedi… L'an prochain, il décollerait d'ici, il se trouverait certainement un job davantage dans ses cordes. Il serait diplômé et viserait un poste plus peinard et qui paie mieux.

Sa boss les avait donc réunis, eux les « nouveaux », pour une rencontre et des explications au sujet du fonctionnement de la structure pour laquelle ils allaient travailler. Elle était plus âgée qu'eux. D'après ce qu'elle avait raconté, elle avait de grands enfants. Il ne s'était pas attardé sur ce fait. Il s'était simplement dit qu'elle avait l'air trop jeune que pour être sa mère à lui, et cela lui avait suffi.

Ils étaient rassemblés dans une salle assez vaste. Des chaises disposées en rond. Ils avaient tout le loisir de se regarder les uns, les autres. Il avait déjà eu du mal à trouver l'endroit où les activités se déroulaient : ce n'était pas dans le bâtiment où ils s'étaient rencontrés la première fois pour son « entretien d'embauche ». Heureusement, il avait retrouvé un pote avec qui il avait été en contact quelques années auparavant. Celui-ci était accompagné d'un autre, et c'est un des trois qui avait téléphoné à leur « employeuse » quelques minutes avant l'heure du rendez-vous : ils étaient perdus, sans doute à un mauvais endroit. Pouvait-elle leur expliquer ou mieux, venir les chercher. Elle débarqua en trombe, tout sourire. Et puis, en papotant, ils avaient rejoint le reste de l'équipe. Lui, il ne disait rien, bien sûr. Il « prenait la température », il préférait être en retrait, observer, se faire une idée et…

Finalement, il se rendit compte qu'il ne bosserait que deux heures chaque samedi scolaire. Ça lui laisserait le temps de terminer ses études, de pondre son mémoire et de faire ses stages : ce n'était pas plus mal dans le fond. Il se ferait un devoir d'être à l'heure, qu'on ne puisse rien lui reprocher. Enseigner, ce n'était pas vraiment son truc mais il se sentait tout à fait capable de s'occuper de quatre ados pas trop dégrossis niveau guitare. On verrait mais pour le moment, aucun souci à l'horizon.

Il emprunterait la voiture de son frère aîné pour venir travailler : il y en avait pour moins de vingt-cinq minutes dans un sens, et puis dans l'autre. Il se dit qu'il aurait fini vers treize heures trente grand max et qu'il serait de retour pour quatorze heures. Cela lui convenait tout à fait.

***

On en était donc aux escaliers et aux couloirs longs, tellement longs. Du carrelage au sol, des grandes fenêtres qui donnent sur une rivière. Le soleil… lumineux : parfois, il vaudrait mieux porter des lunettes de soleil.

Là, il était paré : un ampli, sa guitare bien protégée dans son étui, un lecteur CD. Il s'installa dans le local qui lui était attribué. Il disposa deux chaises face à face, brancha l'ampli et attendit son premier élève. Il avait laissé la porte entrouverte. Malgré cela, un petit coup discret lui signala l'arrivée de l'ado. Un jeune un peu mal à l'aise, boutonneux… Il ne devait pas être bien dans sa peau. Le garçon prit place sur la chaise tournant le dos à la porte et brancha son câble dans l'ampli.

— Tu connais quoi ?

L'ado regarda son prof d'un air interrogateur :

— Mais si je viens ici, c'est justement parce que… je ne connais pas grand-chose, non ?

— Y a bien des trucs que tu aimes, non ?

— Bof, pas vraiment. Moi, c'était un peu pour… frimer…

— Pas d'idée ?

Il se revoyait, Adam, quand il avait treize ou quatorze ans. Lui aussi, il était empoté. Il était plus… « épais » que maintenant, pas sûr de lui. Il avait un air craintif. Il rasait les murs comme s'il avait envie de se confondre avec eux. Il aurait voulu rester transparent, ne pas avoir de consistance… Et maintenant, il avait toujours cet air un peu craintif, il le savait. La différence, c'était tout de même qu'il avait des goûts bien tranchés question musique, et que si on lui avait demandé ce qu'il aimait, il aurait pu le dire sans hésiter : plutôt du funk, et du jazz aussi. C'était assez éclectique.

Bon, on n'allait pas en rester là.

— Tu connais ça ?

Il enchaîna quelques notes et fredonna l'intro d'un tube d'Indochine. L'ado le regarda, un peu éberlué. Ah ouais, c'était un truc qui lui disait quelque chose, ça. Il regarda attentivement les doigts d'Adam qui souplement se déplaçaient sur le manche de la guitare.

— Voilà, je te note ça et tu bosses pour la semaine prochaine…

— On peut les jouer tout de suite ?

— Oui… Bon, commence par ça.

Les doigts d'Adam étaient plus lents. Ils voyageaient de case en case. Il y avait trois positions différentes. Ce n'était pas difficile. Il suffisait juste de faire bien attention. D'abord, lentement, puis, on accélérait. À l'aide de l'onglet, c'était plus facile : il fallait bien viser la deuxième puis la troisième corde. L'ado se prit au jeu : il avait le sens du rythme, et après quelques essais, cela devint plus fluide. Il jouait un peu timidement mais quand il serait sûr de lui … Adam se revoyait à cet âge. La gratte, ce n'était pas son instrument principal. Lui, il s'était passionné pour le sax. Il aimait son son velouté. Oui, c'est vrai, s'il en avait eu la possibilité, il aurait appris la trompette, mais au final, le sax… Et puis, il aimait le jazz, et le sax, c'est tout de même un des instruments privilégiés par ce style de musique…

Le jeune homme reprit pied dans la réalité. Son élève ne se débrouillait pas si mal, finalement. Il le laissait chipoter un peu, se tromper, se corriger, et quand il eut l'impression qu'il était bloqué, il lui donna le petit coup de pouce salutaire et celui-ci parvint à boucler le court motif. L'un comme l'autre se sentait satisfait du résultat. Bien sûr, cela demandait encore de l'entraînement, mais l'ado avait chopé le truc… Le cours se terminait. Adam devait encore voir trois autres élèves : un monsieur, un autre ado et une fille.

Au fil des leçons, il se déridait un peu. Il arrivait que sa boss passe dans sa classe. Elle s'assurait simplement que les choses se passaient bien. En fait, lui, ce qu'il se disait, c'est qu'elle aimait venir tailler une petite bavette avec lui. Il y avait comme une flamme dans les yeux de la jeune femme. Cela le gênait parce qu'il ne comprenait pas pourquoi elle le regardait de cette manière. Ce n'était pas réellement inquisiteur. Non, juste un brin de curiosité et d'émerveillement mélangés. Il ne savait pas trop comment réagir, mais il conclut ses réflexions en se disant qu'en en connaissant davantage sur elle, cela l'aiderait à comprendre. Enfin… peut-être….

Piano – Londres (début octobre)

— Bonjour, Austin. Installez-vous à l'instrument. Vous avez fait le travail indiqué ?

— Euh, oui… J'aurais voulu vous demander…

— Plus tard, dit la pianiste en faisant un petit signe de la main qui devait signifier : je répondrai à vos questions après… Je vous écoute, poursuivit-elle.

Austin commença par le prélude de Bach. Son professeur était debout, elle se déplaçait lentement en l'écoutant. *Oh, se dit-elle, il a choisi de m'interpréter ça à la Glenn Gould… C'est léger, certaines notes sont lourées, d'autres staccato. C'est très fin. De plus, on entend clairement qu'il a compris la résolution des dissonances... Il est intelligent, cet ado. Et puis, les notes qui doivent être tenues le sont, il n'use pas de la pédale (ce qui est un signe de respect de l'époque à laquelle le morceau a été composé). Vraiment, c'est pas mal du tout.* Elle se félicita : elle avait eu raison d'un peu le molester quand ils s'étaient rencontrés pour la première fois, la semaine précédente. Il avait parfaitement respecté les consignes qu'elle lui avait données.

Quand il eut terminé et que le son du dernier accord eut pratiquement disparu, elle lui dit de loin qu'elle était satisfaite de son travail. Elle se garda bien de l'encenser et lui demanda ce qu'il en était des enchaînements d'accords.

— Dans quel ordre je vous montre ça ? Par quintes ou de manière chromatique ?

— Comme vous le souhaitez…

À nouveau, elle était satisfaite de la conscience avec laquelle il s'était entraîné. Il commença par l'exercice en Do Majeur et ensuite en Sol Majeur, puis en Ré Majeur. Tous les tons majeurs y passèrent. La pianiste était toujours debout. Quand il eut terminé, il s'attaqua aux tons mineurs. Elle souriait. Elle se dit qu'elle avait affaire à quelqu'un de sérieux, de motivé et de travailleur. Pour le don, on allait un peu attendre. Inutile de se presser…

— Je vois que vous ne vous êtes pas épargné, lui dit-elle.

Il n'osait lui répondre, ayant peur d'une remarque un peu sèche. Il brûlait de lui poser sa question mais il n'était pas certain que ce soit le bon moment…

— Je vous engage à travailler la fugue qui suit le prélude. Vous savez comment il faut aborder cela ?

Ça, il n'en avait aucune idée. Déjà, une fugue, c'est quoi ? Il regrettait de ne pas s'être renseigné sur la forme ou la structure d'une telle pièce. Oui, il avait bien fouiné sur le net pour chercher des infos concernant le prélude. Il avait compris que s'il voulait entendre une exécution épurée et « dans l'esprit », le mieux, c'était d'écouter et écouter encore l'interprétation de ce canadien un peu jeté, mais pour le reste... Il aurait dû chercher plus profond. Genre : qu'est-ce qui distingue le prélude d'une fugue ? À quoi sert le prélude ? Ce style de choses...

Remarquant son désarroi, elle lui dit calmement qu'elle possédait la partition d'une autre fugue de Bach, et qu'elle allait lui montrer comment c'était construit.

— D'abord, le compositeur expose le sujet. Celui-ci peut être long, deux mesures ou davantage, mais parfois, c'est juste une cellule de quatre temps, plus le temps d'arrivée. Il faut commencer par repérer cela, le sujet. Il peut apparaître au soprano et à la basse, mais aussi à l'alto ou au ténor ; et s'il s'agit d'une fugue à quatre voix, à l'alto *et* au ténor. Vous comprenez ?

Il la regardait d'un air éberlué. Il y avait des choses qu'il comprenait, oui, mais ça avait l'air si compliqué... Les termes qu'elle employait ne lui étaient pas familiers. Il devait se concentrer...

— Attendez, je vais vous montrer sur la partition...

Elle indiquait du bout du doigt l'exposition du fameux sujet au soprano. C'était une phrase musicale de quatre mesures. Ensuite, il y avait une réponse, un contre-sujet, comme on disait, pendant l'entrée du sujet au milieu. Idem pour la troisième entrée, à la basse, cette fois. C'était un peu compliqué à repérer, mais comme le sujet commençait toujours par une série de quatre croches avec un saut d'une quarte ou d'une quinte descendante et puis, deux doubles-croches suivies de trois croches identiques, cela facilitait le travail… Austin était très attentif.

— Je vous engage à aller sur un site où vous pourrez trouver la pièce analysée. Cela devrait vous aider. Bien sûr, ce n'est pas parce que vous aurez compris comment cela fonctionne que vous saurez jouer la chose aisément. Et bien sûr aussi, je ne vous demanderai pas de me jouer le morceau en entier pour le cours prochain.

Austin semblait un peu perdu.

— Dans un premier temps, contentez-vous d'analyser et de préparer. Le prélude était simple. La fugue l'est beaucoup moins… Quatre voix, alors qu'on n'a jamais travaillé quelque chose de ce style, ça peut paraître un peu déraisonnable. Mais je vous fais confiance…

Ah, se dit l'ado : *enfin un compliment*. Il avait bien suivi les indications de son prof. Il avait un peu peur de se lancer de cette manière dans quelque chose qui lui semblait complexe, mais si elle lui faisait confiance…

— Vous devriez être capable de me jouer l'exposition du sujet à chaque voix, en faisant ressortir chacune d'elles. Ce n'est pas très long. À peine trois lignes, il me semble. Mais ce serait un bon début, je pense.

Austin allait bosser, et encore bosser… Enfin, visiblement, cela servait à quelque chose, puisque son prof reconnaissait son travail…

— Vous vouliez me poser une question en début de cours. De quoi s'agissait-il ?

— Euh… j'aurais voulu savoir si vous aviez en tête, l'une ou l'autre autre pièce que je pourrais travailler, histoire de varier un peu de Bach…

— Oui, fit-elle en souriant, du Debussy. Et quelque chose qui, dans l'idée, je pense, devrait vous plaire.

Le pianiste était intrigué.

— Un extrait d'une suite pour quatre mains. Vous voyez de quoi il s'agit ?

Non, pas vraiment, mais quatre mains, c'était pour... deux pianistes, ça ? Déjà, cela l'enthousiasmait davantage que ce truc poussiéreux de Bach. Il avait envie de raconter ce deuxième cours à Myrtille et aussi à Mamou, puisqu'elle s'était proposée comme conseillère !

— Je peux choisir l'extrait ou...

— Je vous suggère le *Menuet*. Ce n'est pas trop rapide. C'est une musique très sensuelle, très délicate. Je pense qu'avec ce que vous m'aviez présenté au cours passé, vous devriez sentir cela, et même si vous ne maîtrisez pas le morceau quand vous me le jouerez d'ici peu, nous pourrons travailler sur les nuances. Voyez donc la première page : inutile de la mémoriser. La partition sera toujours sur le pupitre du piano...

Il était à nouveau sur un nuage. Oui, il était certain que Mamou l'aiderait avec plaisir, il en était sûr. Quand il quitta la classe, il envoya un message à Myrtille, qui était en cours à ce moment-là.

J'ai deux nouveaux morceaux à travailler. Mon cours d'aujourd'hui s'est super bien passé. J'ai hâte de te raconter. À ce soir sur Skype. Je t'embrasse.

Il se dirigea ensuite en classe d'harmonie. L'après-midi, il avait cours d'anglais et de maths. Il se sentait le maître du monde, tant il était regonflé par sa leçon d'aujourd'hui...

6. Projets pas si lointains

Menuet (mi-octobre)

Ce soir-là, Austin engloutit son souper en moins de temps qu'il ne faut pour le dire. Il avait trop hâte de raconter toutes les nouvelles à Myrtille. D'abord, le futur micro-séjour en Belgique et puis le plus long fin décembre. Ensuite, le dernier cours de piano…

— Alors ? Tu étais pressé, si j'ai bien compris ! Comment s'est passée ta journée ?

— Au top !

— Raconte…

Austin parla de ce nouveau morceau qu'il aurait à travailler, celui pour deux pianistes. Il s'était empressé d'écouter le *Menuet* et trouvait cette musique super chouette… Comme son père, il n'avait pas vraiment de mots pour décrire la délicatesse et la profondeur mêlées du morceau. C'était joli sans être mièvre. Il y avait des nuances en teintes très douces. Pas beaucoup de virtuosité, mais une certaine élégance… Il préférait parler de cela et pas de cette fugue de Bach qui lui semblait beaucoup plus ardue.

— Le Debussy, ce sera que du bonheur et du plaisir, dit l'ado à Myrtille. Je suis certain que Mamou sera contente qu'on travaille ça à deux…

— Comment ça ?

— Ah oui, je ne t'ai pas parlé du fait que…

— Tu travailleras avec ma grand-mère ? Mais comment ça se peut, ça ?

— Parce qu'elle et papa se sont arrangés. On doit venir passer une petite semaine dans la « grande maison » en fin d'année. Et comme ça, on pourra bosser mon piano avec Mamou…

— Et… me voir, aussi, par la même occasion, c'est ça ? dit Myrtille d'un ton un peu frondeur.

— Voilà, t'as tout compris… Je me demande comment Mamou savait pour mon premier cours qui avait un peu tourné autrement de ce dont j'avais envie… C'est toi ?

— Moi quoi ?

— Qui lui en a parlé ?

Myrtille était un peu gênée. Oui, elle devait bien avouer que c'était le cas : c'était elle qui avait parlé de cela à son aïeule. Mais elle ne lui avait en aucun cas demandé de faire venir Austin en France. Elle n'aurait pas osé le suggérer… Mamou était vraiment étonnante. Elle en avait parlé devant Myrtille, mais tout cela n'en était encore qu'à l'état de projet. C'était elle qui avait contacté Adam. C'était vraiment magnifique. Cette grand-mère l'épaterait toujours… Elle avait dû attendre le lundi suivant leur conversation à elles. Myrtille n'avait pas compris pourquoi mais bon…

— Oui, moi, je lui ai parlé de toi. Je pense qu'elle n'a pas hésité, tu sais. D'ailleurs, j'ai dans l'idée qu'elle est capable de faire tout et n'importe quoi pour qu'on puisse se voir…

En terminant sa phrase, elle réalisa que sa grand-mère avait peut-être d'autres motifs pour faire venir Austin dans la « grande maison », que cela concernait la famille de celui-ci, et surtout Adam… Elle tint sa langue, estimant que le moment n'était pas encore venu pour elle d'en parler avec son amoureux…

Les jeunes reprirent leur discussion. S'ils avaient l'occasion de se voir fin octobre, ce serait parfait mais… Les congés scolaires anglais et belges ne coïncidaient pas, ils s'en étaient rendu compte… Il fallait la jouer serrée. En Angleterre, c'était la dernière semaine complète d'octobre, en Belgique, la semaine du 1er novembre… Cette fois, les semaines se suivaient. Enfin, il leur restait le week-end. Comme cela devenait compliqué, à présent…

Billet d'Eurostar

— Austin, tu me files ton GSM ?
— Pourquoi, P'pa ?
— Je dois vérifier quelque chose…
L'ado s'exécuta.
— Voilà, c'est bon. Je te montre ?
— Oui…
— T'as reçu un mail avec un code-barre ou un QR code. Je viens de voir la notification.
— C'est à quel sujet ?
— Ben, ouvre le mail, tu constateras par toi-même…
Austin s'exécuta. Et c'était vrai ! Le message venait du site de réservation des voyages en Eurostar… Et là, oh, il explosa de joie.
— Je vois qu'on a tapé juste ta maman et moi. Tu es content ?
Il l'était tellement qu'il ne pouvait rien dire d'autre que « Cool, oh, ce que c'est cool… »
— Je peux prévenir Myrtille ? dit-il, un peu remis de ses émotions.

— Mais oui. Mamou est déjà au courant, dit Adam. Mais il est certain que ta dulcinée mérite que tu l'avertisses toi-même !

Il téléphona à la jeune fille qui riait et était si émue qu'elle était incapable de dire quoi que ce soit. Il fallait que ce soit fameux parce que pareille chose ne lui arrivait pas souvent !

— Donc, enchaîna Austin, on va passer une soirée chez tes grands-parents. Tu penses que tu pourrais loger chez eux, comme moi ?

— Je vais demander à maman mais, je pense, oui… ça va se passer comment ?

— Et bien, j'arrive à la gare du midi vers seize heures, je pense. Je te confirme ça très vite… et Papou viendra me chercher.

La conversation ne s'éternisa pas. Il fallait à présent que chacun prépare cette soirée du samedi, et aussi le dimanche, pour que le micro-séjour se passe le plus parfaitement possible ! Austin voulait apporter ses partitions et en discuter avec Mamou. Myrtille avait dans l'idée de s'occuper du souper en cuisine avec sa grand-mère. Elle réfléchit à ce qu'Austin avait aimé manger dans la « grande maison », en juillet. Ah oui, de la mousse au chocolat, dessert renommé de Mamou, et aussi ses fameuses lasagnes aux deux saumons… Elles iraient faire les courses pour compléter les ingrédients et profiteraient du trajet de Papou jusqu'à la gare pour que le souper soit prêt dès leur retour. On ne mangerait sans doute pas tout de suite, mais comme ça, on aurait tout le temps de s'occuper de l'invité !

La dernière semaine de cours à Londres (fin octobre)

Le temps avait passé rapidement. Entretemps, le pianiste avait eu d'autres cours : le troisième, au cours duquel il avait eu l'occasion de présenter le début de la fameuse fugue de Bach et la première page du *Menuet* de Debussy. Son professeur avait eu l'air satisfait. Il avait eu un autre cours. Il avait avancé dans ces deux morceaux et avait commencé à en déchiffrer un troisième, un intermezzo de Brahms, « pour le pathos », avait jugé bon d'ajouter l'enseignante.

La pianiste mettait beaucoup de soin à la position du corps, des doigts et de la légèreté des bras. Elle aimait la détente, comme elle disait, et aussi le fait que le corps suive le discours musical. Elle prenait parfois la place de son élève pour lui montrer. Visiblement, elle ne déchiffrait pas excessivement bien, mais il lui suffisait de jouer une phrase, et il avait l'impression que la musique sortait de partout : de l'instrument, de ses bras, de son esprit aussi. Ses yeux pétillaient comme ceux d'une enfant devant un bon gâteau : un air gourmand mais raisonnable… Ses mains étaient tantôt souples et tendres avec le clavier, tantôt très énergiques, dynamiques et fougueuses. Austin était toujours émerveillé… Il lui était même arrivé de fermer les yeux pour goûter mieux à ce son rond et généreux, et son professeur, s'en rendant compte, fermait les siens aussi, histoire de se gaver.

— Austin ? Allo ? Ici la terre…

Le jeune homme sursautait, rougissait et bredouillait qu'il aimait que le son le porte…

— C'est ce sentiment, cette impression, que vous devez transmettre à vos auditeurs… Vous comprenez ?

Il comprenait si bien qu'il se disait que ce serait mission impossible. Il ne se sentait pas capable de parvenir à cela.

— Avec le temps et la maîtrise de l'instrument, vous y arriverez, j'en suis certaine. Et comme récompense, aujourd'hui, vous avez le droit de choisir un morceau pop. Je trouve que vous l'avez bien mérité. Cela vous permettra de préparer l'accompagnement d'une chanson pour... les vacances..., lâcha-t-elle.

Il se demandait comment elle était au courant... Ou peut-être parlait-elle des vacances de Noël ? C'est vrai qu'en Angleterre, il est habituel de se réunir autour du piano familial afin de faire un petit pot-pourri des *Christmas Songs*... Mais si c'était ce genre de chansons qu'elle lui proposait, elle n'aurait pas parlé de morceau pop.

— Vous pensez à quelque chose précis ? Comme morceau pop, je veux dire...

— Non mais je peux y réfléchir...

— Vous connaissez Regina Spektor ?

— Oui, bien sûr. Elle est américaine et juive aussi. Elle a fait des études classiques de piano et elle chante des trucs tout à fait abracadabrants !

— Ah ! Parce que vous trouvez son répertoire... abracadabrant ?

— Non, pas vraiment. Plutôt sa manière de chanter. Parfois, elle pourrait passer pour folle, non ?

La pianiste rit.

— Non, vous ne trouvez pas ?

— Si, vous avez raison... C'est sa voix qui l'est, un peu folle. Sinon, ses doigts, c'est assez chouette. Parfois léger, parfois plus grave. Vous sauriez avec qui travailler cela ? Vous connaissez une chanteuse ?

— Ici, vous voulez dire, qui travaillerait la chanson avec moi à l'école ?

— Ici ou ailleurs, répondit-elle en lui faisant un clin d'œil.

— Ici, je connais un peu celle avec qui j'ai passé l'audition d'entrée. Et ailleurs…

— Ailleurs ?

— J'ai travaillé avec une chanteuse en France, aux grandes vacances passées.

— Une Française ?

— Non, une Belge en vacances chez ses grands-parents, qui sont amis avec mes parents à moi…

— C'est une pro ?

— Non, pas au sens où on pourrait l'entendre, mais… elle a une très jolie voix, parfois comme un petit oiseau fragile, parfois beaucoup plus assurée. D'ailleurs, on devrait se voir, pour les fêtes.

— Vous pourriez préparer cela avec elle… aux vacances de Noël prochaines, j'entends, et revenir me montrer à quoi vous êtes arrivé. Je suppose que vous avez gardé des contacts avec la chanteuse anglaise ?

Oui, bien sûr. Il leur arrivait encore de se voir, de temps en temps, simplement pour le plaisir de faire de la musique ensemble. Cela détendait Austin.

— Et bien, c'est ok, je pense à une compo qui conviendrait bien à la saison : la partie pianistique est très intéressante… C'est *Twenty years of snow*. Vous connaissez ?

— Non…

— Allez donc écouter. On trouve facilement la partition sur le net et si vous ne la trouvez pas, dites-le-moi, je vous la donnerai en fin de semaine. Vous n'aurez qu'à passer la prendre au local des profs…

C'était fou comme la complicité était née entre l'élève et son maître… Cela faisait chaud au cœur de chacun : l'un parce qu'il se sentait apprécié, et l'autre parce qu'elle pouvait transmettre ce qu'elle connaissait et aimait. Combien c'était valorisant pour eux…

Austin quitta la classe. Il envoya un SMS à Myrtille. Il fallait qu'il lui parle de « quelque chose d'important » le soir même !

Skype

— Alors, quoi de neuf ?

— On peut brancher les caméras ?

— Oui, bien sûr…

— C'est pour que tu voies comme je suis heureux…

Il se dit que depuis qu'il connaissait Myrtille, sa vie avait vraiment changé. Bien sûr, il y avait toujours les cours généraux à suivre, mais le fait de s'être inscrit dans cette école de prestige avait vraiment été un tournant dans sa « life » !

— Alors, t'as vu ? continua-t-il

— Je vois tes petits cheveux tout fous et tes yeux qui brillent, mais je ne sais pas pourquoi…

— Et bien, mademoiselle, parce qu'*enfin*, ma chère prof de piano m'a proposé de bosser un accompagnement de chanson… Et pas n'importe lequel !

— Dis-moi…

— Regina Spektor, ça te dit quelque chose ?

— Oh oui, on avait bossé quelque chose d'elle en été, il me semble… Et c'est quoi ? Un truc connu ?

— Je ne pense pas. Mais pour le piano, c'est su-per.

Il avait bien détaché les syllabes. Juste pour donner du poids à son qualificatif.

— Ça ressemble à quoi ? Tu penses que je pourrais chanter avec toi ?

— Et bien, je me disais…

— Tu te disais… ?

Elle entendait la voix un peu traînante de son ami. Il avait manifestement une idée précise de projet…

— Si on est ensemble aux fêtes, dans la « grande maison », on pourrait… donner un concert… ? Tu aimerais ça ?

— Oh, Austin… Mais oui, que j'aimerais ça. Bien sûr ! Tu jouerais tes trucs d'école et on pourrait chanter à deux ?

— Exactement. Et puis, je voudrais demander à Mamou si on peut jouer ce *Menuet* de Debussy ensemble… Tu penses qu'elle serait d'accord ?

— Je sais qu'elle aime ce compositeur-là, et oui, certainement… Il suffit de demander. Tu veux que je le fasse ?

— Oui…

— De toute manière, on se voit dans moins d'une semaine. Tu pourrais me dire ce qu'on pourrait prévoir pour le concert : je verrais avec Mamou et toi, et on préparerait un programme d'enfer… On peut demander à maman aussi. Je sais qu'elle connaît des chansons de Noël mais c'est plus « église ». Enfin, on fera pour un mieux…

Ils se quittèrent en s'envoyant des baisers… Elle allait retrouver sa chaleur tendre, et lui sa fougue délicieuse. Ils étaient heureux. Le temps passerait vite jusqu'au week-end suivant.

7. Enfin!

Retrouvailles (1er week-end de novembre)

— Va, ma Myrtille, je m'occuperai du reste du souper. Papou t'attend, et puis, ça fera une jolie surprise à Austin…

Mamou avait décidé de libérer la jeune fille. Elle accompagnerait Papou à la gare, et ce seraient les grandes retrouvailles… Myrtille était émue.

Pour elle aussi, la semaine avait passé très vite. Elle avait parlé à sa grand-mère de leur projet, à Austin et elle, de repréparer un concert, et du fait que le jeune pianiste aurait voulu travailler la pièce de Debussy et la présenter à ce moment-là. Bien sûr que l'aïeule était d'accord qu'ils fassent cela ensemble. Elle avait déjà travaillé cet extrait de la Petite Suite avec quelques élèves, notamment une Juliette travailleuse et consciencieuse. Elle savait très bien quels moyens employer pour l'aider au maximum. Le souci principal, c'était le déchiffrage, où Austin n'excellait pas. Mais comme il lui avait dit qu'il connaissait déjà la première page pratiquement par cœur et qu'il était en train de bosser sur le reste - juste deux pages, mais dont la dernière reprenait le thème du début - elle n'avait pas vraiment de craintes. Austin écoutait et avait une certaine habitude de jouer en duo. Même si c'était avec une chanteuse, le fait de ne pas jouer seul était un atout, peu importait son ou sa partenaire…

Mamou était très emballée par le fait de travailler avec lui. Elle se souvenait des moments où elle l'avait fait avec son père, et la manière dont les choses se passaient : le talent improvisateur d'Adam, la manière dont il se mettait en veilleuse ou au contraire explosait. Il dosait cela de manière très intelligente. Elle était certaine qu'avec Austin, ce serait pareil : une histoire de gènes, en quelque sorte !

Papou gara sa voiture dans le parking souterrain de la gare de Bruxelles-Midi. Quand Myrtille et lui arrivèrent dans le grand hall, le train en provenance de Londres entrait en gare. Ils se dépêchèrent de rejoindre l'escalier roulant principal au bas duquel l'homme avait donné rendez-vous à Austin...

Quand Myrtille l'aperçut, son cœur battit plus vite et plus fort. Austin cherchait Papou des yeux, mais comme il n'avait aucune idée du fait qu'elle serait là, ses regards passèrent au moins trois fois sur sa tête sans la repérer... Elle était un peu déçue. C'est finalement, sans avoir repéré ni Myrtille ni son grand-père qu'il s'engagea dans l'escalier roulant qui descendait...

Et ce fut elle qui le... cueillit, littéralement.

— Oh, ma Myrtille ! Mais quelle surprise, je ne m'attendais pas à...

Elle se précipita sur lui, l'embrassant à pleine bouche. Il était étonné : il n'avait pas imaginé leurs retrouvailles de cette manière emportée. Lui, il avait pensé qu'ils se reverraient chez les grands-parents de son amie, qu'il aurait tout le loisir de prendre le temps de lui murmurer des choses douces et tendres, de lui caresser la joue, de l'embrasser seulement ensuite... Et là, elle lui tombait dessus, avec toute la fougue dont elle était capable.

— Comme je suis heureuse, tu n'as pas idée... Tu m'as tellement manqué.

— Pareil de mon côté, tu sais.

— Alors, raconte : comment s'est passé ton dernier cours de piano ?

— Bien… Mais… d'abord, j'ai quelque chose pour toi.

— Ah ?

— C'est pas encore pour tout de suite mais je suis certain que ça te plaira…

De quoi parlait-il ?

— Tu vois, comme on passe les fêtes chez vous, mes parents et moi, évidemment, on s'est dit que tu pourrais venir quelques jours à Londres, et on en profiterait pour aller à un concert… J'ai ta place là, dit-il, en désignant la poche intérieure gauche de sa veste…

Joli présage : la gauche, c'est bien la place du cœur, non ?

— Tu me dis de quoi il s'agit ?

— C'est une pianiste russe.

— Ah ?

— Elle n'est plus toute jeune, mais, au moment où mes parents avaient une trentaine d'années, elle a commencé à se faire un beau succès. Elle reprend des tubes pop et rock, et elle les adapte à sa sauce…

— Et… elle chante, alors ?

— Non, non, c'est juste du piano. C'est une vraie virtuose. Et je suis allée un peu voir son répertoire, il y a justement des chansons qu'on avait bossées en été à deux…

Ça, ça l'intéressait davantage. Elle lui sourit. Ce serait sûrement bien…

— Et puis, on a une audition prévue par mon prof de piano. Une audition de classe préparatoire à l'examen de fin d'année. Ça se passe en plein milieu des vacances. Donc, si tu es toujours chez nous, tu viendras m'écouter. Oui ?

Ça, c'était encore mieux ! Oh oui, qu'elle allait l'écouter. De toutes ses oreilles, comme on disait.

Ils papotèrent joyeusement durant le trajet. Papou avait fait signe à Myrtille de s'asseoir derrière, à côté de leur invité et ils en profitaient de temps à autre pour s'embrasser gentiment. Qu'il aimait voir sa petite-fille aussi heureuse. Les sourires et les regards qu'elle jetait à Austin lui rappelaient ceux de Mamou pour Adam, il y a longtemps. On aurait dit que cette histoire d'amour-ci lavait toutes les déceptions et les chagrins d'antan. Heureusement, les ados n'étaient au courant de rien et mieux valait ne rien leur dire. C'était tout de même quelque chose de lourd à porter, une affaire pareille…

Ils arrivèrent chez les grands-parents de la jeune fille. Celle-ci avait en main la place pour le concert de Vika qu'Austin lui avait confiée. Elle s'empressa de la montrer à Mamou qui sourit. Elle avait suivi cette pianiste prodige et encouragé plusieurs de ses élèves à aller l'écouter sur internet.

— Le trajet s'est bien passé ?

— Sans aucun souci. C'est rapide, tout de même, bien plus que je ne l'aurais imaginé, répondit Austin.

Mamou le prit dans ses bras et lui déposa un baiser sur chaque joue. Comme Austin ressemblait à Adam. Elle n'avait pas encore l'habitude de voir cet ado tellement pareil à celui qui avait fait battre son cœur des années auparavant. Austin était tout rouge et la grand-mère de Myrtille dégagea une petite mèche rebelle qui s'obstinait à lui descendre sur le front.

— Comme ça, c'est mieux, je trouve ! Qu'est-ce que tu lui ressembles…, dit-elle dans un souffle.

— À papa, vous voulez dire ?

— Oui, à Adam. C'est troublant, franchement…

— Vous le connaissez depuis si longtemps ?

— Depuis qu'il a vingt ans…

— Ça fait un bail, c'est vrai. Il a plus du double à présent…

Mamou continua de le regarder, un petit sourire flottant sur ses lèvres.

— Je peux déposer mes affaires où ? l'interrompit-il.

— Dans ma petite pièce bleue… Myrtille va te montrer. Il n'y a pas beaucoup de place mais c'est une de mes pièces préférées dans la maison et en tant qu'invité d'honneur, il est normal que ce soit là que tu loges. On y a mis un clic-clac. Très confortable.

Se tournant vers sa petite-fille :

— Tu l'accompagnes là-haut, Myrtille ?

La jeune fille s'empressa d'obéir. Elle demanderait tout de même à Mamou si elle verrait un inconvénient à ce qu'Austin passe un peu de temps avec elle dans la chambre d'amis… Ils resteraient sages, mais ils pourraient se câliner tout de même… Mieux valait être honnête avec sa grand-mère…

Le petit sac à dos d'Austin fut posé contre la bibliothèque de la pièce bleue et les amoureux rejoignirent Papou et Mamou dans la pièce de séjour. Austin avait des partitions sous le bras.

— Alors, jeune homme, tu me parles de ce que tu travailles ?

— Eh bien, commença-t-il, j'ai d'abord joué le premier prélude de Bach en Do majeur. Vous voyez, le super connu que tout le monde joue…

— Oui, oui, je vois très bien. Ça n'a pas dû être trop difficile pour toi, ça.

— Non, en effet. Mais ensuite, j'ai commencé la fugue, fit-il avec un petit sourire pincé. Et ça, c'était pas de la tarte...

— Tu es arrivé où ?

— À la deuxième page. Là, je rame un peu : l'écriture est vraiment trop complexe : tous ces sujets, ces contre-sujets qui s'emberlificotent, c'est pas simple. J'ai beau chanter les entrées des sujets, histoire de bien les faire ressortir, je sue, dit-il...

— On écoutera ça demain, si tu veux. Et sinon, Myrtille m'a parlé de Debussy ?

— Oui, ça, c'est top. J'aime beaucoup. On pourrait le jouer un peu ensemble ? J'ai déchiffré les trois pages.

— Avec plaisir. J'adore cette œuvre. Je l'ai travaillée avec plusieurs élèves. Je me souviens particulièrement d'une jeune fille très consciencieuse qui m'a épatée un jour... Je te raconterai demain...

— Et sinon, pour le moment, j'ai une chanson de Regina...

— ... Spektor ! Quelle bonne idée. Il s'agit de laquelle ?

— *Twenty years of snow...* C'est très pianistique, ça.

— De fait, fit Mamou.

Elle se souvenait de l'intro de ce morceau : durant quelques années, c'était la sonnerie de son téléphone portable...

— Et bien, je me réjouis de découvrir tout cela avec toi demain. Tu as faim ?

— Oui, je meurs de faim ! On mange quoi ?

— Tu sais, ma lasagne.

— Aux deux saumons ? Maman a essayé d'en faire quelques fois mais elles n'avaient pas le bon goût des vôtres...

— C'est parce que ce n'était plus les vacances et que tu étais à Londres, parce que je suis certaine que ta maman a bien respecté la recette que je lui avais donnée…

— C'est possible, oui… Chez nous, il ne fait pas ensoleillé comme en Ardèche, dit-il en soupirant…

Lasagnes et dessert furent engloutis rapidement. Les grands-parents de Myrtille et les ados discutèrent encore longuement après le souper, et puis il fut l'heure de rejoindre leurs chambres. La jeune fille s'isola un peu avec Mamou pour lui demander la permission de passer un moment dans le grand lit de la chambre d'amis avec Austin.

— Si chacun a rejoint son lit pour vingt-deux heures trente, c'est bon, dit l'aïeule à Myrtille…

Ah oui, le fameux couvre-feu, pensa l'ado.

Après s'être brossés les dents, Austin et Myrtille se retrouvèrent dans la chambre d'amis. La jeune fille expliqua à son ami qu'elle avait toujours connu cette chambre. La seule chose qui avait changé, c'était les housses de couettes posées sur le grand lit. Avant, raconta-t-elle, c'était des animaux, et maintenant, ce sont des fleurs… Les murs avaient été successivement amande, framboise, et à présent d'un gris soutenu qui faisait ressortir les semis fleuris du linge de lit. Il y avait un petit miroir juste à côté d'une fenêtre. Myrtille dit à Austin qu'il était déjà là bien avant sa naissance. Elle l'avait retrouvé sur les photos de mariage de ses parents parce que c'était dans cette pièce que sa mère avait enfilé sa robe de mariée… Il y avait une grande armoire aussi où les petits-enfants pouvaient ranger leurs habits quand ils venaient en vacances ou en week-end. Avant, l'armoire contenait des LEGO, des puzzles et des livres… Combien il y avait de souvenirs dans cette pièce. Austin n'en revenait pas. Dans un coin, contre un mur, une toute petite bibliothèque avec des livres que le garçon n'avait jamais vus… « Oui, ce sont des petites histoires que Mamou a lues quand elle était enfant. Elle nous en a raconté certaines. C'est un peu vieillot, mais c'est chouette tout de même… Elle aime raconter, Mamou. » Oui, ça, Austin n'en doutait pas. Il se rappelait de *Frissons Nocturnes* trouvés dans le grenier de la « grande maison » en Ardèche. Elle avait une jolie plume, Mamou. Elle parlait de sexe avec facilité mais aussi de grands sentiments, d'émotions. Peut-être avait-elle écrit d'autres choses que ni Myrtille ni aucun des autres petits-enfants n'avaient découvertes…

— On se couche, tu veux ; il est déjà presque vingt-deux heures. Il reste à peine une demi-heure avant qu'on soit obligés de…

— Se séparer… Oui, t'as raison…

Austin ouvrit le lit et s'y glissa. La housse de couette et le drap sentaient bon le propre. Les taies d'oreiller aussi… Myrtille le rejoignit et se blottit contre lui, retrouvant l'odeur de son ami. Un petit parfum léger, plus enfantin, mais pas encore adulte.

— Oh, Austin, comme tu m'as manqué… Je pense que tous les soirs, je me suis endormie en pensant à toi, et tous les matins, en me réveillant, j'essayais de me rappeler si j'avais rêvé de toi..

— Et c'était le cas ? Tu rêvais de moi ?

— Souvent oui… Quand on se parlait sur Skype, la nuit qui suivait, c'était rempli de toi… Je nous rêvais en train de faire de la musique ensemble, ou occupés à ranger le grenier de la « grande maison ». Je me souvenais de tes doigts sur moi dans la tente. Et j'étais heureuse.

Austin lui touchait le cou, tendrement. Puis, la joue. Cela déposait des petits frissons au creux du ventre de

Myrtille. Elle tendit la bouche vers lui pour l'embrasser. C'était charmant et bien innocent. Pour le moment, aucun des deux n'avait envie d'aller plus loin. Ils appréciaient la proximité de l'autre, et cela leur suffisait.

— J'aime sentir ton souffle, murmura Myrtille en posant la tête contre le torse d'Austin.

— Et moi, j'aime jouer avec tes cheveux, les faire glisser entre mes doigts…

— Tes doigts magiques…

— Ils le sont tant que ça, tu trouves ?

— Oh oui, il n'y a qu'à voir comment tu t'en sers sur un piano…

— Je pourrais m'en servir ailleurs… Tu… voudrais ça ?

— Juste un peu, alors ; ça me fait peur, tout ça…

Gentiment, les doigts d'Austin écartèrent un peu le top du pyjama et se dirigèrent contre le ventre de son amie. Ils suivirent d'abord ses flancs, très calmement. Puis, il rapprocha ses mains et effleura les côtes de Myrtille.

— Là ? Comme ça ?

— Oui… mais ne me déshabille pas. Tu peux juste passer un peu ton doigt sur mon soutif, mais pas plus…

Elle savait ce qu'elle voulait, la demoiselle. Il se contenta de rester au-dessus de la lingerie. Il se disait qu'un jour ou l'autre, elle aurait envie de plus, et que ce serait elle qui déciderait, qu'elle était assez grande et qu'il y avait tant d'amour en elle que cela ne traînerait sans doute pas tant que ça…

Lui, pour le moment, il était capable de se contenir. Il n'imaginait pas avoir besoin de se masturber en pensant à elle. Et pourtant, combien il aimait son corps à elle. Ses jolies cuisses, ses petites fesses rondes, ses seins comme des clémentines… Il préférait ne pas trop penser à cela.

Profiter du moment présent et faire taire un peu ses envies de sexe à lui… Ils avaient le temps. Et puis, il pouvait toujours lui parler de cela, ses envies, justement. Elle était assez intelligente pour comprendre. Elle était assez aimante pour…

Il chassa ses fantasmes pour Myrtille et reprit ses effleurements. Il entendait la respiration de Myrtille s'accélérer. Il avait envie qu'elle lui murmure qu'elle avait changé d'avis, qu'au final, elle voulait être caressée. Mais elle n'en fit rien. Il fallait lui laisser la liberté de choisir…

Ses doigts se nichèrent contre le soutien-gorge de Myrtille, juste sous les seins. Ils n'entrèrent pas dans le vêtement. Quant à sa bouche, elle murmura que la jeune fille était délicieuse, qu'elle sentait bon, que sa peau goûtait bon et qu'il aurait bien du mal à rejoindre le clic-clac dans la petite pièce bleue de Mamou…

L'alarme de son GSM les avertit tous les deux qu'il était vingt-deux heures vingt-cinq, histoire de pouvoir se donner mille petits baisers sur les joues, la bouche, les tempes, et Austin quitta son amie à vingt-deux heures trente précises. Le couvre-feu avait été respecté. C'est à regret qu'ils se séparèrent, mais ils étaient heureux de s'être retrouvés… Les rêves seraient doux, cette nuit…

Jeux de doigts

— Bien dormi ?

C'était Myrtille qui avait rejoint Austin dans le divan transformé en lit… Elle le poussa un peu pour se blottir contre lui. Il était à peine sept heures trente. L'ado savait que Mamou aimait que tout le monde soit en bas vers huit heures le dimanche pour prendre le déjeuner tous ensemble. Elle avait ses principes, Mamou, et c'était plus facile à gérer que quelqu'un qui laisse tout faire en se disant que ce sera plus agréable pour tout le monde…

Ils avaient donc un peu moins d'une demi-heure pour se câliner. Austin recommença de passer ses doigts sur le corps de son amie, comme le jour précédent.

— Tes… doigts magiques, laissa échapper Myrtille. Ces doigts que j'aime tellement sur moi.

— On en reste à ce que tu m'as permis hier ? demanda Austin.

— Oui, mais tu auras peut-être une… surprise…

— Oh, fit Austin.

Elle était à nouveau contre lui, au creux de ses bras. Elle préférait être serrée de cette manière que parcourue. Elle prit cependant la main d'Austin et la posa directement sur son ventre.

— Tu remontes un peu tes doigts ? lui proposa-t-elle

— Comme hier, alors ?

— Oui, comme hier.

Ce qu'Austin ignorait, c'était qu'avant de se glisser hors du grand lit de la chambre d'amis, Myrtille avait retiré son soutien-gorge et l'avait caché sous son oreiller. Elle avait donc la peau nue sous le top du pyjama. Gentiment, et calmement – mais comment le jeune homme était-il capable de se contenir de cette manière ? –, il fit remonter ses mains jusqu'au sternum de son amie. *Mais, il n'y a… plus rien, là*, pensa-t-il. Il reprit la manœuvre. Une fois puis une fois encore.

— Mais, c'est ça, ta surprise ? Tu ne portes plus rien sous ton pyjama ?

— Oui, en effet…

— Tu as envie… ?

Il ne savait pas comment présenter la chose à Myrtille. Il n'avait pas envie de lui dire « Tu veux que je te tripote les nibards » ; il trouvait ça un peu trop trivial. Il n'avait pas envie non plus de lui demander si elle voulait qu'il s'occupe de ses tétons... Rhoo, ce que c'était difficile. Alors que cela semblait si simple entre Marine et Adam, dans *Frissons Nocturnes* de Mamou...

Fonçons...

— Tu as envie que je... chérisse ces trésors ? demanda-t-il à Myrtille.

— Tu as l'art de poser les bonnes questions, toi...

— Alors, réponds... T'as envie ?

— Oui, soupira-t-elle.

— Je serai doux, je te le promets...

Elle en était certaine... Et c'est de manière presque imperceptible d'abord qu'il attrapa un sein de la jeune fille au creux de sa main. Il le soupesa et puis, relevant le haut du pyjama, il approcha la bouche de l'endroit qu'il convoitait. Du bout de la langue, il léchait le téton. Sa langue était agile mais tranquille. Il ne fallait pas qu'il se presse. Juste s'occuper lentement de cette petite place érogène.

— Tu aimes ça ?

— Oh oui...

— Je continue ?

— Tant que tu veux. Mais si tu as envie de suçoter un peu, te gêne pas...

Bon dieu, mais elle lui semblait bien hardie, à présent. Il saisit le mamelon entre ses doigts et mit sa bouche autour du téton. Ce fut comme s'il suçait l'endroit. Il était très doux et elle ne sentait en aucun cas ses dents : juste sa langue qui jouait avec le bout de son joli petit sein, le léchant, le titillant...

Myrtille commençait de haleter. Aucun des deux n'avait jamais été en présence du désir physique de cette manière. La jeune fille sentait que ça pulsait entre ses jambes. Austin, pareil. Qu'allait-il se passer, à présent ? Comment allaient-ils se débrouiller avec tout ce bouleversement ?

— Alors, les amoureux, toujours au lit ?

La chute… Il fallait répondre à Papou qui les appelait d'en bas, ignorant tout de la situation…

— On arrive, dit Myrtille. On se disait juste bonjour.

Elle se dépêcha d'aller chercher son soutien-gorge sous l'oreiller du lit de la chambre d'amis, revint déposer un baiser sur la bouche d'Austin en lui chuchotant qu'ils continueraient leur petite aventure sexuelle dès qu'ils en auraient l'occasion, enfila le sous-vêtement aussi vite que possible et descendit l'air de rien. Austin se leva, une bosse déformant son pyja-short au niveau de l'entrejambe, se précipita aux toilettes : il fallait qu'il reprenne ses esprits avant de rejoindre les grands-parents de son amie, histoire qu'ils ne se doutent de rien… Et heureusement, quand il s'assit à table, les « choses » étaient revenues à la normale…

C'était soulagée que Myrtille le rejoignit et s'assit à sa gauche. Mamou faisait le service : thé et café, ainsi que jus d'orange. Il y avait déjà du pain, deux sortes de confiture, un peu de charcuterie et de fromage. Austin se souvenait des déjeuners pris sur la terrasse de la « grande maison ». Il était heureux.

Ce qui s'était passé ce matin était présage de choses très agréables. Il avait hâte d'être à nouveau en Ardèche. Il ferait moins chaud qu'en été mais certainement plus doux qu'ici ou à Londres.

Le programme de ce matin, c'était tout de même le travail de la fugue de Bach et le *Menuet* de Debussy. Et puis, il fallait aussi choisir un répertoire typique pour Noël, afin que le concert ait vraiment des airs de concert de fêtes de fin d'année… Mamou pensait à quelque chose qu'Elisabeth avait travaillé longtemps auparavant. Elle lui demanderait si elle voulait s'y recoller. Et puis, il y avait aussi ce titre de Regina Spektor qui parlait de neige. En cherchant un peu, il y aurait certainement moyen de proposer d'autres choses. Papou, qui assistait aux débats, dit qu'il pensait à quelque chose à présenter avec Mamou et Elisabeth… Et si l'un ou l'autre de leurs fils venaient passer les fêtes en Ardèche, il mettrait sa pierre à l'édifice, c'était certain…

8. À quatre mains

Le déjeuner fut vite avalé. Myrtille laissa Austin squatter la salle de bain pendant une bonne dizaine de minutes, histoire de prendre une douche, et puis, ce fut au tour de la demoiselle de se faire plus douce et plus jolie qu'elle ne l'était déjà.

Quand elle sortit de la pièce d'eau, Austin et Mamou avaient déjà entamé le travail du quatre-mains de Debussy. La grand-mère de Myrtille se tenait bien droite, à la gauche de son « partenaire de jeu ». Ils étaient très concentrés et un peu tendus. Devant chacun d'eux, juste la première page du *Menuet*. L'intro, c'était des petites appogiatures pour l'un et pour l'autre, alternativement, et ensuite une cascade de doubles-croches pour Austin. Le thème était exposé ensuite, très simplement. Il était accompagné par des « vagues », comme les appelaient certaines anciennes élèves de Mamou, des accords arpégés. La pièce était en trois temps. Comme une valse, mais plus lente et plus légère. La grand-mère de Myrtille entrait dans les détails à présent, ce qui faisait « la richesse de l'interprétation », comme elle disait. C'était tout un ensemble de petites choses donnant à l'exécution du relief, de la personnalité, une empreinte particulière qui aurait pu faire dire à un auditeur attentif et connaisseur que l'interprétation était d'untel ou d'untel autre. Parfois, ça se limitait à un petit ritardando quand on terminait une partie, mais parfois, c'était plus subtil que cela : un piqué, un soufflet plus marqué, un phrasé particulier… Bref, du travail d'orfèvre.

— Donc, tu vois, Austin, là, tes motifs en doubles-croches, ils doivent être légers, pas appuyés. Cela doit donner l'impression d'un élastique qu'on tend entre les doigts au niveau de la nuance et du débit, tu vois ? Attends, je te montre. Tu as compris ? C'est ça qui les rend vivants.

— …

— À cet endroit-là, tu as des piqués, et moi, j'en ai juste avant. Regarde. Tu écoutes comment je joue les miens et tu enchaînes les tiens de la même manière. On ne doit pas se rendre compte que ce sont deux personnes différentes qui les jouent…

— …

Mamou était à son affaire : elle retrouvait avec passion ce morceau qu'elle adorait. Elle retrouvait aussi le plaisir d'enseigner, de transmettre des trucs pour que la musique soit pleine de vie, tourbillonnante et ici, étincelante. Elle s'ingéniait à trouver des images qui exprimeraient mieux ce qu'elle ressentait au fond d'elle. Pour certaines œuvres, elle était capable de donner des explications très loufoques mais qui décoinçaient les élèves un peu empotés. Elle n'avait jamais souhaité embrasser une carrière de concertiste, elle voulait juste être une bonne pédagogue. Avant, jeunes filles et jeunes gens se précipitaient à ses cours. À présent, l'arthrose donnait à ses doigts des formes bizarres, et cela la faisait souffrir. Ses articulations étaient raides et marquées…

Être en présence du fils d'Adam et pouvoir lui transmettre cette interprétation de Debussy était un régal pour elle. Et puis, ils… joueraient ensemble, au concert. Ils montreraient au père d'Austin combien la musique les rapprochait. C'était un projet très euphorisant.

Myrtille regardait les pianistes. Elle se rendait compte que quelque chose se passait entre eux, mais elle ne parvenait pas à mettre un mot sur ce qu'elle ressentait : de la complicité, une espèce d'alchimie ? Oui, c'était cela : Mamou et Austin étaient en osmose. C'était de plus en plus flagrant. C'est comme si l'esprit, le cœur et le corps de son ami s'étaient mis en sympathie avec celui de l'aïeule. Un moment précieux, suspendu, profond.

Elle n'osa pas briser le charme. C'était si intense qu'elle en avait les larmes aux yeux. Mais quand ils arrivèrent à la fin du morceau – c'était des accords arpégés simultanés – et que Mamou, relâchant son attention, se tourna vers elle, la jeune fille vit des larmes dans ses yeux, et juste dessous aussi. Sa grand-mère était émue à un point inimaginable. Austin, quant à lui, hochait la tête. Impossible de voir son visage. Il devait avoir les yeux fixés sur la partition. Sans doute une volonté de « reprendre pied dans la réalité ». Les pianistes avaient été transportés... et Myrtille aussi.

Mamou mit un doigt sur ses lèvres. « Chut, ma jolie ». Il fallait que chacun réatterrisse après avoir été aussi troublé...

Il y avait encore cette « fichue » fugue à travailler. Là, Mamou se sentait moins à son aise. Elle pouvait certes vérifier si les entrées des sujets étaient audibles, si Austin n'avait pas oublié l'une ou l'autre altération accidentelle. Au niveau des phrasés, c'était plus compliqué encore : idéalement, le contre-sujet devait être exécuté différemment pour bien le distinguer du sujet. Quel casse-tête, c'était vrai. Dans ce genre de musique, même en chantant le sujet, il n'était pas facile de respecter toutes les finesses de l'écriture... Elle se souvenait de son prof à elle, une Bulgare, qui lui faisait interpréter Bach de manière un peu romantique. Elle n'était pas une spécialiste du répertoire baroque, préférant la musique de Schubert ou de Chopin... C'est quand elle avait découvert la musique vocale baroque qu'elle s'était rendu compte qu'aborder cette période à la sauce romantique ne convenait pas. Et puis, il y avait eu l'écoute attentive de Glenn Gould, dont le professeur d'Austin lui avait parlé. Là, c'est comme si le ciel gris et lourd de nuages s'était dégagé et éclairé... Des interprétations d'une clarté lumineuse.

Elle fit donc jouer la première page de l'œuvre à son élève... Il se débrouilla pas mal. Les entrées étaient précises et déterminées. Il allégeait les contre-sujets. Oui, il avait compris le principe. C'était fou, tout de même : il y avait à peine six semaines qu'il suivait les cours de piano dans l'école londonienne, et elle sentait tout le potentiel qu'il y aurait encore à développer. C'était vraiment un musicien. Quel gâchis cela aurait été s'il était resté confiné au répertoire pop. Enfin, elle n'allait rien lui en dire pour le moment : pour Austin, travailler selon la méthode classique était un moyen de maîtriser la pop... Mamou voyait en lui, pourtant, bien au-delà de cela.

— Je vais te donner juste un conseil, lui dit-elle après l'avoir écouté une deuxième fois.

— Oui ?

— Ce qui donnerait un peu plus de personnalité à ton interprétation, mais tu dois d'abord en parler avec ton professeur habituel, c'est de lier toutes ces doubles-croches pendant que tu loures un peu tes croches. Tu vois ?

— C'est pas... orthodoxe ? demanda Austin.

— Si, mais peut-être que ton prof a une autre idée sur la question. Ce serait un peu inutile de bosser ça de cette manière, et puis que tu te fasses descendre au cours suivant…

— Oui, je comprends. Je lui demanderai. J'espère qu'elle ne sera pas fâchée que j'aie été à la pêche aux conseils auprès de vous…

— Certains professeurs n'acceptent pas cela : ils veulent vraiment que leurs élèves soient des disciples, et s'ils se rendent compte que ceux-ci vont voir ailleurs…

— S'ils s'en rendent compte ?

— Ils les excluent de leur cours…

— Oh… Ben, j'espère que ce n'est pas le cas ici. Moi, j'aime la manière dont on a travaillé tout à l'heure. Je me sens plus libre dans ma façon de penser, quelque chose qui me détache des notes. Vous voyez ?

Oh que oui, Mamou voyait très bien. C'était simplement une manière de réveiller l'artiste qui sommeillait en lui. Elle aimait cela, être éveilleuse de musicalité.

— Il reste la chanson de Regina Spektor. Tu as déjà un peu regardé la partition ? Je suppose que tu joues avec partition…

— Oui, il y a trop de notes : je serais incapable d'être fidèle à ce qu'elle fait uniquement avec une grille d'accords et à l'oreille…

— Tu me montres ?

— Je n'ai pas encore vraiment travaillé ça, parce que je n'ai la partition que depuis la fin de la semaine dernière, mais je peux vous la montrer, et on peut un peu la « découvrir », si vous voulez bien…

— Bien sûr… Découvrons, alors.

Austin sortit les six pages imprimées par son professeur. L'écriture était claire. Mamou jeta un coup d'œil à la partition.

— Comme tu connais les accords et que tu sais comment cela fonctionne, je pense que, pour aller plus vite, tu devrais simplement noter desquels il s'agit. Et puis, tu entoures la ou les notes étrangères à l'accord de base, tu vois ?

— Oui, mais je ne comprends pas en quoi ça va m'aider, ça…

— Si jamais tu as un trou au niveau de la main droite, mais que tu connais tes basses, ça déstabilisera moins celle qui chante…

Mamou avait jeté un coup d'œil à Myrtille qui buvait littéralement ses paroles.

— Mais avant cela, poursuivit la grand-mère, tu dégages la structure. Ça, c'est une question d'observation, mais tu peux « préparer le terrain » à l'écoute : je sais que tu as une bonne oreille harmonique. Et puis, en pop, ce n'est pas très difficile…

Ce travail, c'était vraiment intéressant. Austin prit un crayon, délimita chaque partie par des crochets et puis mit un petit signe à chaque partie. Quand un fragment se répétait, il indiquait le même signe. Parfois, il n'y avait que peu de différences entre les fragments. Alors, il reportait le petit signe mais entourait l'endroit où ce n'était pas exactement pareil… Mamou admirait la technique. Au final, il n'y avait que deux grandes parties différentes. La tâche fut effectuée en moins de dix minutes.

— Bravo ! On peut lire, à présent, et jouer, surtout. Toi, Myrtille, sois attentive. Je vais aller te chercher les paroles sur internet et quand Austin se sera un peu entraîné, on peut faire un… essai à deux. Ça te dirait ?

— Oui, sauf que cette chanson, je ne la connais pas vraiment…, dit la jeune fille, déçue.

— Alors, on fait autrement. Je vais te chercher mon iPod. En fouinant un peu, je pense que j'ai toujours la chanson dessus : tu mets les écouteurs et tu donnes le signal à Austin. Il commencera de jouer à ce moment-là : toi, tu auras la voix de Regina dans les oreilles et tu suivras les paroles. On fera tourner quelques fois et puis tu te lanceras. Je te donnerai les départs, si tu veux…

Mamou se souvenait des fois où Elisabeth accompagnait ses élèves. C'était un honneur pour celles-ci quand sa fille, d'à peine douze ou treize ans, posait sa voix sur leurs notes. La voix d'Elisabeth était assurée, pleine, très juste et surtout jolie. La première avec qui cela s'était passé s'appelait Marie. Une demoiselle très jeune avec qui la chanteuse était en classe. Ensuite, il y eut Henri, un ado dont Elisabeth avait été bleue. Les autres, on ne les comptait plus. Mais toujours, l'effet recherché par Mamou était atteint : cela boostait ses élèves. Ils étaient obligés de ne pas s'interrompre, d'écouter le chant, de se détacher un peu de leurs notes pour faire fusion avec Elisabeth… Pourquoi n'avait-elle pas continué le chant ? C'était un grand regret de sa maman.

Myrtille avait les écouteurs sur les oreilles et la feuille avec les paroles en main. Austin décortiquait l'intro : les deux mesures de celles-ci revenaient souvent, et pas question d'arpèges traditionnels… Ils faisaient vraiment la paire, ces deux-là.

Il était déjà presque midi quand ils firent un premier essai. Ce n'était pas très concluant. Myrtille avait de drôles d'intervalles à chanter et sa voix n'était pas très sûre. Mamou lui joua les notes de la mélodie au piano et sa petite-fille, après les avoir écoutées deux fois, recommença avec plus de conviction. Voilà, c'était ce qu'il convenait de faire... Austin et son amie reprirent. Ils étaient plus confiants et c'était mieux.

Papou appela les musiciens pour dîner. Il avait préparé une salade pleine de bonnes choses... Tout le monde se régala : il y avait du pain, du fromage et de la charcuterie pour accompagner. Mamou proposa de l'eau et du thé glacé. C'était un bon moment. Elle raconta à Papou comment la répétition avec Austin s'était passée. Le grand-père voyait les étincelles dans les yeux de son épouse. Il se demandait si c'était le fait d'avoir donné ce long cours et si c'était parce que l'élève était le fils d'Adam que les regards de Mamou étaient aussi pétillants. Il ne le saurait sans doute jamais, mais il était heureux du plaisir qu'elle manifestait...

9. Concert de Noël

Dernières répétitions

Il y eut les cours de piano d'Austin, revenu à Londres et ayant repris le chemin de l'école. Il y eut les confidences de Myrtille à Clémence : elle voulait lui expliquer comment les choses s'étaient passées lors de la visite de son amoureux et du week-end chez Papou et Mamou. Et puis, il y eut tous les préparatifs pour que les fêtes se passent le mieux possible dans la « grande maison ». Adam avait pris quelques jours de congé au studio et comme Mary enseignait, elle serait libre aussi.

Austin, Myrtille et Mamou avaient prévu un joli programme. Élisabeth allait chanter un air qu'elle adorait. Papou avait ressorti sa trompette, et lui et Mamou joueraient deux pièces de Noël. Adam et Mamou s'accorderaient sur deux chansons de l'aïeule : ils n'avaient pas encore choisi desquelles ils s'agiraient, mais ce serait certainement chouette. Papou avait proposé à son épouse et à sa fille d'exécuter un trio vocal classique, du Mozart… Ensuite, ils se réuniraient tous autour du vieux piano et entonneraient des chants de Noël. Il fallait juste qu'Alexandre s'abstienne d'ouvrir la bouche ! Elisabeth avait eu beau essayer de lui apprendre à chanter juste, ça s'était toujours terminé par des grincements de dents… Elle avait abandonné : qu'il reste à la console de mixage et tout serait parfait.

Cette fois encore, Duncan et Marin furent mis à contribution pour la déco du grenier. Le piano avait été réaccordé début décembre : il n'attendait que les doigts d'Austin et de Mamou. Cette fois, le matériel d'amplification fut installé dès le début des répétitions. Chacun pourrait s'en servir : il fallait juste un peu d'organisation pour ne pas se retrouver à quatre en même temps au grenier.

Mary avait concocté un système de planning assez efficace. Jusqu'ici, chacun avait pu répéter au moment où il le souhaitait. En général, c'était Myrtille et Austin qui commençaient. Ils étaient suivis par Mamou et Adam, ensuite, Mamou restait au piano et Elisabeth la rejoignait, puis Papou. La matinée se terminait avec Mamou et Austin. Ils mettaient un point d'honneur à présenter ce fameux *Menuet* de Debussy.

Austin et Myrtille avaient élargi leur programme : une chanson de Coldplay sur laquelle Adam jouerait de la guitare et une autre de Tiffany Houghton où Papou rejoindrait les amoureux avec des petites touches de trompette.

En faisant un petit résumé du programme, Mary se rendit compte que celle qui serait le plus en scène serait… Mamou ! Cela mériterait d'être remarqué et honoré. La jeune femme en parlerait à Adam. Le couple les accueillait avec tant de générosité. Ils allaient passer des vacances magnifiques grâce à eux… Cela ne pouvait être ignoré. Et comme son mari connaissait mieux Papou et Mamou qu'elle… S'il n'avait pas d'idée, on pourrait tâter le terrain du côté de Myrtille et Austin…

Myrtille, trop peu sûre d'elle pour l'anglais, avait demandé de l'aide à Mary. Celle-ci alliait précision et patience. Il fallait bien cela. Myrtille était plutôt du genre impatiente et quand cela n'allait pas du premier coup, on pouvait parfois entendre des rouspétances… Parfois, Austin s'y collait, mais quand il n'en pouvait plus, on faisait appel à Duncan. Myrtille était trop intimidée par Adam et de toute manière, la langue maternelle de ce dernier était le français. Même s'il avait souvent affaire à des Britanniques pour son boulot, il baragouinait, se servant de termes anglais techniques qu'il maîtrisait à peu près. Pour le reste…

Jour après jour, les mots de Regina Spektor et des deux autres chanteurs coulaient mieux dans la bouche de Myrtille. Elle n'avait pas vraiment l'accent anglais mais le résultat était tout de même assez convaincant. Son travail avec Austin avançait aussi. Deux jours avant le concert, Adam vint les rejoindre avec sa guitare et Papou avec sa trompette. Ce dernier les fit bien rire parce qu'il devenait rouge comme une tomate en soufflant dans son instrument, simplement parce qu'il employait la sourdine, un accessoire métallique qu'il introduisait dans le pavillon de sa trompette pour en atténuer le son. Il fallait préserver une surprise toute relative… Papou n'avait plus l'habitude de jouer de cette manière. Il avait gardé les réflexes de jeu plein, et ici… Adam, quant à lui, était tout aussi discret. Il égrenait les accords très légèrement…

Les répétitions de Mamou et Adam se passaient dans un calme relatif. Il s'agissait de deux chansons qui n'avaient rien à voir avec Noël. L'une parlait de tatouages particuliers et s'appelait *Calligraphie*. L'autre de mots : un bel aperçu de la langue française. Elles étaient douces, pas spécialement joyeuses mais pas tristes non plus. Juste… jolies.

Il y avait longtemps qu'Elisabeth n'avait pas exécuté cette chanson de Mariah Carey… Mais elle l'avait tellement en tête qu'elle n'eut aucune difficulté à la reprendre. Ce fut plutôt Mamou qui devait s'entraîner parce que la partie pianistique tricotait pas mal… Il était certain que le trio vocal des grands-parents et d'Elisabeth ferait sensation. Bien entendu, les voix de Papou et Mamou avaient vieilli, tout comme eux, d'ailleurs, mais on prendrait l'air de Mozart un ton plus bas que l'original et comme c'était a capella… De toute manière, c'était Elisabeth qui avait la partie principale.

Mamou supervisait le prélude de Bach qu'Austin maîtrisait à la perfection et travaillait avec lui le fameux *Menuet*. Cela devenait de plus en plus fluide et généreux. La meilleure chose à faire à présent que le jeune pianiste « connaissait ses notes », c'était de jouer et jouer, encore et toujours, ensemble. C'est de cette manière que chacun pourrait anticiper ce que l'autre allait faire et comment il fallait qu'il « pense la suite ». De temps en temps, Myrtille, Papou ou Adam les rejoignaient au grenier. Myrtille regardait Austin, Papou regardait son épouse et Adam fixait alternativement Mamou et son fils. Au début, cela dérangea un peu Mamou de sentir les yeux d'Adam sur elle. Pas qu'elle se sente jugée, plutôt qu'elle se contrôle plus encore que quand ils se retrouvaient pour travailler ensemble. Elle voulait que ce soit parfait, et que le talent d'Austin soit bien mis en valeur…

C'était le cas : d'ailleurs, c'est ce qu'Adam lui murmura la veille du concert. L'exécution du *Menuet* avait été très soignée mais aussi très sensible. Quand Mamou descendit du grenier, il la suivit et lui glissa dans l'oreille :

— Je ne savais pas que tu enseignais aussi bien le répertoire classique…

— Ah bon ?

— Tu m'impressionnes…

— Tant mieux, lui dit-elle un peu sourdement. Tu es heureux ?

— Oui… Pour lui, parce qu'il a trouvé deux guides : toi et sa prof à Londres. Mais aussi parce que je me rends compte que la musique bat dans son cœur et dans son corps tout entier. Et ça, c'est certainement à toi qu'il le doit…

— Et à toi aussi…

— Mais non.

— Mais si, tu es pareil et… il est bien ton fils, il me semble…

— Oui, mais il est ton filleul, tu n'as pas oublié ?

Ils se regardèrent en se souriant. Adam prit la main de Mamou et déposa un petit baiser sur ses doigts…

— Merci pour tes doigts magiques, lui dit-il

— Les tiens ne sont pas mal non plus, si j'ai bon souvenir ! répliqua-t-elle

— …

— Tes doigts et ta langue aussi, d'ailleurs, monsieur le saxophoniste…

Elle avait plongé ses yeux dans ceux d'Adam, qui était un peu surpris, mais pas fâché. Il voyait tout l'amour qu'elle éprouvait encore pour lui. C'était intense et… heureusement, il était rare qu'elle se laisse aller. Il était inutile que la situation lui fasse peur ou le dérange : à force, elle avait acquis autant de self-contrôle que lui…

Par la porte entrebâillée, ils entendaient les voix de Papou, Mary et Austin. Ils étaient dans la pièce à vivre et discutaient de ce qu'il y aurait à manger le soir du concert… Myrtille s'était approchée de la porte de la cuisine : Papou lui avait demandé de dresser la table. Il y avait de la tarte aux légumes au menu. C'est à cette occasion qu'elle vit le visage de sa grand-mère tourné vers celui du papa d'Austin. Mamou avait les yeux pleins de larmes et de fièvre. Adam la regardait intensément aussi. Il se pencha vers elle et lui déposa un baiser sur la joue, presque sous l'oreille…

Toujours des secrets

Comme c'était étrange, cette complicité. L'adolescente était vraiment étonnée. Elle resta bouche bée face au spectacle. Mais que se passait-il donc entre l'aïeule et Adam ? Elle avait le sentiment d'avoir surpris un secret, un grand secret. Elle ne savait pas pour quelle raison mais ce qui se passait entre ces adultes était tout de même mystérieux… Sans doute était-elle proche de la réalité avec ses imaginations de « passé trouble ». Pourtant, ni Adam ni Mamou n'avaient jamais eu quoi que ce soit comme geste ou regard déplacés. Quand ils étaient proches de cette manière, on aurait pu croire qu'à un moment de leur vie, ils avaient été bien davantage qu'amis… Amoureux, peut-être ? En ce qui concernait Mamou, oui, c'était presque certain. Quant au papa d'Austin… Là était la question… et le nœud de l'histoire…

Elle recula un peu, histoire de ne pas se montrer ou plutôt de ne pas causer de la gêne ou quelque chose du style. Et puis, fit un peu de bruit pour les avertir de sa présence.

— Voilà, dit-elle en ouvrant la porte pas vraiment fermée qui séparait la cuisine de la pièce à vivre. Papou m'a demandé de dresser la table. On mange bientôt ?

— Oui, les tartes aux légumes sont certainement cuites…

— Je prends les assiettes et puis je reviendrai chercher les couverts.

— N'oublie pas les serviettes et deux sous-plats.

— D'accord…

Durant le repas, Mamou proposa à Duncan et Marin de s'occuper du programme avec Mary. Ce serait chouette que chacun puisse en avoir un exemplaire papier aux jolies couleurs de Noël. Il faudrait qu'ils prennent note des titres de chaque pièce, de leur compositeur et de qui l'exécuterait et puis qu'ils fassent une jolie mise en page. Il y avait une imprimante dans le bureau de Papou. Ce dernier pourrait leur donner un coup de main au niveau des illustrations, s'ils souhaitaient en insérer… Les deux garçons furent très contents qu'on fasse appel à eux. Ils allaient s'y coller et ne pas décevoir les musiciens. Mary superviserait l'opération.

Ce furent Austin et Myrtille qui débarrassèrent le couvert, et tandis qu'ils étaient en train de charger le lave-vaisselle, la chanteuse demanda à son ami s'ils pouvaient s'isoler un peu. Elle voulait lui raconter ce qu'elle avait surpris moins d'une heure auparavant. Cela l'avait vraiment troublée.

— C'est un peu… secret, ce que tu voudrais qu'on fasse ? lui demanda le jeune homme…

— Oui, répondit-elle d'une voix un peu étouffée.

— De quoi il s'agit ?

— J'aimerais te parler de quelque chose qui s'est passé ici tout à l'heure…

— Ah… Je pensais que tu voulais qu'on se… rapproche un peu.

— Nous ?

— Oui… T'as pas envie de ça ?

Si, bien sûr… Mais ce qu'elle voulait lui partager, ce n'était pas eux que cela concernait, ou plutôt, pas directement. Il ne voyait pas vraiment de quoi il pouvait s'agir mais il la sentait anxieuse et cela ne lui ressemblait pas.

— On peut monter dans ta chambre quand on a fini ? Je t'expliquerai…

— Oui, et puis, j'userai de mes doigts magiques, si t'es d'accord : tu sais que depuis qu'on est arrivés, on n'a pas encore trouvé un moment comme en novembre… Je pensais que…

Il la regardait dans les yeux à présent. Et elle aussi. Elle sentait tout le désir qu'il avait de la prendre contre lui. Et contrairement à ce qu'elle s'était imaginé, cela ne lui faisait plus vraiment peur…

— Oui, lui dit-elle. J'aimerais vraiment ça aussi, tu sais. Le concert et sa préparation m'ont beaucoup occupé l'esprit depuis notre arrivée.

Il était quatorze heures. Papou et Mamou étaient partis faire une petite promenade « de digestion », comme disait Mamou. Adam et Mary étaient au salon avec Marin et Duncan : ils jouaient aux cartes. Elisabeth avait proposé à Mary de lui montrer comment faire des macarons mais c'était prévu pour quinze heures. Pour le moment, elle était dans le grenier et on l'entendait chantonner en italien, le trio vocal de Mozart, sans doute. Ils avaient donc un peu plus d'une heure trente devant eux.

— Voilà, mon cher, prenez place sur ma couche, lança Myrtille à Austin en lui désignant le pied du lit. Je vous rejoins…

Austin sourit : son amie ne changerait jamais… Elle le faisait rire. Elle s'assit près de l'oreiller et lui demanda s'il souhaitait un petit coussin pour son dos, ce qu'il refusa…

— Alors, tu me racontes ?

— Oui, voilà… Tout à l'heure, juste avant que je revienne avec les assiettes, j'ai vu Mamou et ton papa dans la cuisine…

— Ça a quelque chose d'étrange ?

— Oui…

— Pourquoi ?

— Je pense que j'ai surpris quelque chose…

— Et qu'il aurait mieux valu que ça ne soit pas le cas…

— Voilà.

Austin était pensif.

— Ils se parlaient ou c'était autre chose ?

— Les deux, répondit Myrtille.

— Comment ça ?

— Et bien, quand je suis arrivée, ton papa tenait la main de Mamou et elle, elle lui parlait de ses doigts et sa langue magique, et puis, ils se sont regardés… Bon dieu, tu aurais vu ça !

Austin était un peu perdu. Mais qu'est-ce que son amie voulait dire ? Elle poursuivit :

— Mamou semblait complètement hypnotisée, et ton père lui souriait et lui souriait encore…

— Et c'est… tout ? demanda Austin d'une voix un peu étranglée.

— Ton papa a embrassé ma grand-mère sous l'oreille… Mais ensuite, oui, c'est tout. Je t'assure que c'était vraiment… intense. J'ai fait semblant de seulement arriver ensuite. J'avais peur de tomber comme un cheveu dans la soupe, tu vois, qu'ils soient gênés ou un truc comme ça…

— Donc, tu as attendu qu'ils ne se regardent plus, c'est ça ?

— Oui, et j'ai fait du bruit, histoire de les prévenir que j'étais derrière la porte entrouverte et que j'allais entrer.

Austin était à présent aussi troublé qu'elle. Que cachaient-ils, son papa et Mamou ?

— Mais qu'est-ce qui peut bien se passer entre eux ? lâcha-t-il.

— Je me le demande… Tu penses qu'ils s'aiment et qu'ils le cachent à tout le monde ?

— Mais non, enfin, c'est pas possible, ça. Qu'est-ce que quelqu'un de l'âge de Mamou ferait avec quelqu'un de l'âge de papa ?

— Il faut peut-être prendre les choses autrement…

Austin réfléchissait… C'était peut-être ça, en fait. L'un des deux était amoureux et pas l'autre… Il avait peur de choquer Myrtille.

— Tu te souviens de ce petit bouquin que Mamou avait écrit il y a longtemps ?

— Frissons quelque chose » ? Oui, bien sûr…

— Elle parlait d'un homme qui a le même prénom que papa et qui lui ressemble fameusement. Tu te souviens ?

— Oui…

— Et si Mamou avait raconté une histoire vraie… ?

Voilà, il avait lancé ça telle une bombe. Mais avec juste assez d'hésitations pour que Myrtille n'aille pas imaginer qu'il soupçonnait déjà quelque chose avant qu'elle lui en parle. La jeune fille avait les yeux écarquillés d'étonnement.

— Une histoire... vraie ? dit-elle en s'étranglant pratiquement.

— Oui, enfin, vraie sans être vraie.

— Je ne comprends pas ce que tu veux dire : vraie ou fausse ?

— Vraie dans sa tête, mais fausse en réalité...

— Alors, selon toi, elle serait un peu folle ? Genre, incapable de distinguer le vrai du faux ?

— Non, non, tu n'y es pas.

— Tu m'expliques ?

— Eh bien, commença Austin prudemment, un peu comme si elle était amoureuse, mais secrètement...

— De ton papa ?

— Oui...

Il sentait qu'il s'engageait sur une voie un peu risquée. Il savait qu'elle adorait sa grand-mère. Et ce qu'il avançait, c'était un peu « dénigrant ». Pourtant, Myrtille ne le voyait pas comme ça. Pour elle, les sentiments, c'était toujours beau. Parfois déplacé oui, mais on se devait de les respecter, parce que si on se moquait d'eux, c'était cruel... Des sentiments bafoués ou non reconnus, c'était le pis. Par contre, ce n'était pas parce qu'on était au courant qu'on était obligé de les éprouver en retour... C'était limpide comme raisonnement. Sans aucun doute, le résultat d'échanges avec sa Mamou chérie...

— Et donc, tu penses quoi, dans le fond ? Que Mamou, c'était la Marine de *Frissons Nocturnes* et qu'Adam, c'est ton papa en vrai ?

— Oui...

— Mais non, enfin ! L'héroïne, elle n'est pas mariée, et puis, dans l'histoire, elle a une bonne quarantaine d'années, et Adam, il a vingt-cinq ans. En vrai, il y a au moins vingt ans de différence. Tu vois bien que ce n'est pas possible, ce que tu dis…

Austin se passait un doigt sous le menton, très pensif.

— Je suis pourtant certain que…

— Et si Mamou avait raconté ses sentiments et ses rêves pour ton papa dans le petit livre ?

— Tu penses qu'il s'est passé quelque chose entre eux, alors ?

— Non, mais qu'elle en aurait eu envie… Du moins, quand je la regarde maintenant, c'est ce dont j'ai l'impression. Pas toi ?

— Mouais…

— Mais s'il s'était passé quelque chose vraiment, ta maman et Papou… Enfin, tu vois ?

— Oui, t'as raison. Je ne les vois pas partager leur conjoint…

Et pourtant, Myrtille en aurait mis sa main au feu, il y avait bien quelque chose de fort entre Adam et Mamou. Austin n'avait pas assisté à la scène dans la cuisine, sinon il aurait peut-être eu une autre opinion de la situation. Mamou en extase, dont les doigts étaient dans la main d'Adam, et qui lui disait qu'il avait… des doigts, et surtout une langue, magiques… C'était un discours de jeune fille amoureuse, ça, non ? Elle ne partagea pas à Austin ce qu'elle pensait mais c'était clair : elle allait vraiment fouiner, et le secret ne lui résisterait pas…

— Bon, on passe aux choses sérieuses, dit Austin, les yeux un peu fuyants.

— Pas besoin d'être gêné…

— Mais je ne le suis pas. C'est simplement que si tu continues de me regarder comme ça, j'aurai envie de te manger toute crue ! répliqua le jeune homme avec beaucoup de sérieux.

— Oh ! Gourmand...

Elle se pencha vers lui pour se blottir dans ses bras...

— Tu voudrais qu'on se mette à l'aise ? demanda-t-elle

— On a pas mal attendu, non ?

Elle leva les yeux et le regarda de manière effrontée.

— Aujourd'hui, c'est moi qui ai les doigts magiques...

— Je me couche ?

— Oui, dit-elle dans un souffle.

Ils étaient pratiquement l'un contre l'autre. Myrtille avait parlé à Clémence de leur première étreinte, quelques semaines auparavant, des frissons que les mains d'Austin avaient engendrés dans son ventre, de la douceur de celui-ci quand il lui avait suçoté le bout des seins, et du bien-être qu'elle avait ressenti quand il s'était occupé d'elle de cette façon. La chose qui l'intriguait, c'était le plaisir que l'ado avait pu éprouver, lui aussi, alors qu'elle ne l'avait pas touché. Clémence, un peu plus expérimentée qu'elle, lui avait dit qu'il suffisait qu'elle pose la main contre l'entrejambe de son amoureux et qu'elle saurait vite s'il était excité ou non, que ce n'était pas qu'une question de cœur... Myrtille avait été un peu gênée : elle ne se voyait vraiment pas faire ce genre de chose. Sauf si Austin l'y encourageait...

Elle resta tout d'abord assise près de lui qui était allongé sur son lit à elle. Elle ne savait pas comment s'y prendre... Gentiment, il lui prit la main.

— Je vais t'aider, laisse-moi faire. Et surtout, détends-toi, sinon, ça risque d'être aussi difficile pour toi que pour moi...

Oui, il savait qu'elle n'avait pas beaucoup d'expérience. Lui non plus, d'ailleurs. Il était très timide et pour parler franchement : il n'avait jamais eu de fille contre lui. Cependant, comme tout garçon, il savait ce qui lui donnait du plaisir, ce qui l'excitait. Il y avait des moments où il avait senti des papillons lui chatouiller le bas du ventre, notamment quand ils avaient passé du temps ensemble, Myrtille et lui, aux grandes vacances passées. Il aimait son petit air mutin, et ses cuisses bronzées, et sa jolie bouche, aussi. Et quand elle était proche de lui et qu'il pouvait la respirer, cela lui tournait un peu la tête. Depuis, il s'était masturbé. Quand il se retrouvait seul, après les conversations Skype, c'était arrivé quelques fois. Il n'avait jamais éjaculé, mais ça avait été moins une à plus d'une reprise. Il n'aurait pas voulu que ses parents le surprennent. Ici, ils étaient tranquilles, la jeune fille et lui, et cela, pendant encore une petite heure. Il ferait en sorte que cela ne se passe pas non plus, simplement parce qu'il ne voulait pas choquer Myrtille. Enfin, choquer, ce n'était pas le bon mot. D'abord, il fallait qu'ils en parlent, elle et lui.

— Ne fais pas de gestes brusques et passe ta main là, tu veux ?

On allait commencer par juste des caresses sur le ventre, très légères. Il avait relevé son T-shirt et lui montrait son torse. Elle ferma les yeux. Elle préférait seulement sentir et pas trop regarder. Elle passa les doigts contre les flancs d'Austin, délicatement... Celui-ci avait, lui aussi, les paupières closes. Il respirait fort. Myrtille continuait de passer les mains sur le buste de son ami.

— Je peux aller sous ton T-shirt ? lui demanda-t-elle.

— Hmmm...

Ce fut la seule réponse à laquelle elle eut droit. Comme il semblait d'accord, elle fit remonter ses doigts plus haut et encore plus haut. Elle atteignit les tétons.

— Orgh…

— Je… continue ?

Elle n'eut pas besoin d'une réponse. Austin avait toujours les yeux fermés, mais son petit grognement était si évocateur qu'elle ouvrit les yeux pour le regarder et se rendre compte de son état. Elle contemplait à présent la bosse qui tendait le tissu, à l'entrejambe… Elle grossissait et grossissait encore. Elle n'osait pas toucher. Cela l'intimidait, le plaisir d'Austin. Pour elle, il était un ami de musique et d'enquête. Jusqu'à présent, et même si elle se sentait amoureuse, elle ne le considérait pas vraiment comme un… homme, juste quelqu'un du même âge qu'elle, du sexe opposé. Ici, il était clair que…

— Je fais quoi, maintenant ?

— Tu m'excites, Myrtille…

— Oui, je vois…

— Touche-moi… en bas, tu veux ?

— Juste « toucher » ?

— Comme tu le ferais sur toi…

C'était bien joli, ça, mais ça ne lui était jamais arrivé de se toucher comme il disait. Elle avait bien essayé, de temps en temps, en se disant qu'un jour, elle sentirait quelque chose de précis. Mais non… Alors, elle avait décidé que « ce serait avec celui dont elle serait amoureuse », et là, on y était…

— Je n'ai jamais fait ça…, dit-elle sourdement, gênée de son ignorance et de son manque d'expérience.

— On va se débrouiller, lança Austin.

Il était rare qu'il prenne les choses en main. D'habitude, c'était Myrtille qui menait les entreprises. Mais ils avaient tant envie de ces découvertes à deux. Comme le garçon semblait plus au courant, elle allait se laisser mener…

— Je vais te caresser à l'endroit où je voudrais que toi, tu le fasses chez moi. On va garder les yeux ouverts, même si c'est difficile et…

— Pourquoi ce serait difficile, ça ?

— Parce que si on a vraiment du plaisir, on aura envie de les fermer.

— Ah oui ?

— Oui, crois-moi…

Et c'est de cette manière douce et délicate que Myrtille et Austin se caressèrent pour la première fois de concert. La petite jupe de Myrtille fut relevée. Le bouton et la tirette du pantalon d'Austin furent ouverts. Ils ôtèrent chacun leurs vêtements et se retrouvèrent en sous-vêtements. Ils se mirent sous la couette… Le sexe d'Austin était vraiment visible sous le boxer. La culotte crème de Myrtille laissait voir sa petite toison en transparence. Ils s'embrassèrent puis, les yeux grands ouverts, comme le jeune homme l'avait suggéré, ils se regardèrent. Encore et encore…

Austin commença par caresser le ventre de Myrtille, puis sa main droite descendit, plus bas, encore un peu plus bas. La jeune fille respirait plus vite… Elle n'avait qu'une envie, sentir ses doigts contre elle, dans la culotte. Elle aurait bien eu du mal à « faire pareil », respectant le souhait de son ami. C'était tellement bon, ces frôlements et puis ces petites pressions. Elle se tourna un peu pour faciliter le passage… Austin appuyait à présent contre un endroit juste sur le haut de sa fente, entre ses lèvres. Dans un premier temps, elle eut envie de faire pipi mais à présent, elle se délectait de ces caresses.

— Je voudrais m'occuper de toi… Dis-moi ce que je peux faire.

— Ouvre les yeux, coquine, et viens sur moi.

— Juste ça ? demanda-t-elle, un peu perdue.

— Emprisonne ma jambe entre les tiennes et frotte-toi sur ma cuisse…

— Tu vas m'embrasser ?

— Mais oui et…

Elle était déjà comme il le lui avait demandé, à califourchon sur sa jambe. Elle avait pris possession de la bouche d'Austin. Elle l'embrassait avec des petits bruits mouillés. Le garçon avait à présent les yeux fermés alors qu'elle guettait le moindre signe de son plaisir à lui. C'était à son tour de respirer plus vite. Sa main droite avait rejoint son sexe et il le caressait lentement. Ils étaient tous deux dans une espèce d'extase tranquille.

Et puis, les choses prirent leur envol. Austin, sensible aux frictions de Myrtille, laissa le désir l'envahir vraiment : il se masturba de plus en plus rapidement. L'adolescente, se rendant compte de l'état de son ami, se débarrassa de sa culotte et se frotta plus fort contre sa jambe. Elle sentait les petits poils de sa cuisse contre ses lèvres inférieures et cela la chatouillait « à l'intérieur ». Austin explosa… Il ne dit rien, mais il souffla et souffla encore. Quant à Myrtille, elle fut si surprise qu'elle s'arrêta de bouger. Elle passa sa main entre ses cuisses à elle : elle était mouillée, là, et la jambe de son ami l'était tout autant…

— Je vais devoir aller prendre une douche, lui dit-il, heureux, en ouvrant les yeux.

La bosse dans le boxer d'Austin avait disparu. Sur son ventre, il y avait un peu de liquide blanchâtre... Les adolescents se regardèrent en riant. Alors, c'était « ça », le plaisir ?

Chacun se disait en son for intérieur qu'il faudrait vraiment qu'ils remettent cela. Le séjour à la « grande maison » se terminait bientôt, mais en avril, ils auraient l'occasion de se retrouver. Et... il ne fallait pas qu'ils perdent de vue le fameux concert de Noël.

Le dernier soir

Tout était prêt : les jolis programmes de Duncan et Marin, auxquels la maman du premier avait donné la touche finale, les biscuits de Noël, douceurs et macarons préparés par Elisabeth et Mary, et enfin – et surtout – toutes les prestations musicales...

Elisabeth, Mary et les garçons avaient installé des choses à manger et à boire sur une grande table, trois tréteaux et une longue planche, recouverte d'une nappe en papier verte.

Sur des plateaux, des biscuits en forme d'étoiles, de bonshommes en pain d'épices, de fleurs, avec des petites décos en sucre blanc et rouge. Des macarons aussi, roses à la framboise, bruns au chocolat et crème au gingembre. Et puis, des verrines : mousse au spéculoos, mascarpone aux fruits rouges et crumble aux saveurs d'hiver... Cela avait senti bon dans la cuisine durant toute l'après-midi et à présent, dans le grenier.

Des assiettes à dessert, des petites serviettes cerise et framboise et des cuillères à dessert étaient déposées sur les plateaux également.

Il y avait à boire : du thé, du café, du chocolat chaud et des jus de fruits. Marin et Duncan firent le service pour Papou et Mamou. Celle-ci préféra laisser douceurs et verrines pour après le concert… Papou, par contre, avait plongé sa cuillère dans le crumble : un dessert qu'il adorait…

Mamou avait confié à Duncan une série de bougies dans les tons rouges. Mary, appelée à la rescousse, les avait allumées. Cela donnait une atmosphère intime, douce et chaleureuse. Et puis, Marin avait trouvé une guirlande lumineuse constituée de boules en coton. Longtemps, elle avait été dans le séjour d'Elisabeth. Comment s'était-elle retrouvée dans une des caisses du grenier ? Il n'en avait aucune idée, mais en attendant, cela donnerait bien pour la soirée.

Sur les tables basses installées à côté des fauteuils et chaises transportés par les garçons et Adam, des feuilles rouges pliées en deux avec la liste des morceaux qu'on entendrait.

On commencerait par la chanson d'Elisabeth pour laquelle Mamou l'accompagnait. Ensuite, ce serait au tour d'Austin de jouer le fameux prélude de Bach. Suivraient les trios avec le pianiste, Myrtille et alternativement Adam et Papou. Puis, le *Menuet*, les deux chansons de Mamou, où Adam posait son sax et pour terminer, le trio de Mozart. C'était équilibré et varié.

Mamou et Austin se succédèrent ensuite au piano. Le reste de la famille était autour de l'instrument et s'en donnait à pleine voix. Adam et Alexandre s'éclipsèrent. Les cadeaux de Noël étaient au rez-de-chaussée et il était plus agréable de les ouvrir ici. C'est donc avec deux grands paniers en osier qu'ils remontèrent un quart d'heure plus tard : ils étaient remplis de paquets.

On procéda à la distribution. Duncan étant le plus jeune, ce fut lui qui choisit un premier cadeau dans le panier apporté par son père. C'était pour Papou. Puis ce fut au tour de celui-ci de choisir un paquet dans le panier qu'il avait amené. Quelque chose pour Mary… De fil en aiguille chacun reçut son cadeau. Comme il avait été décidé qu'on attendrait que tout le monde ait son présent en main pour « ouvrir », l'aïeul dut patienter presque un quart d'heure !

Il y eut des livres, de la musique, des vêtements, un joli chapeau pour Mamou de la part de Papou, une partition pour Austin et puis, et surtout, une invitation à un séjour à Londres pour Myrtille durant les vacances de Pâques.

Oui, il en avait déjà été question mais là, l'adolescente tenait le billet de train en main et il y avait aussi un petit mot de son amoureux avec un bref programme des cinq jours qu'elle allait passer en Angleterre. Elle assisterait à un concert de cette pianiste russe, Vika, et aussi à l'audition d'Austin, mais il y avait la mention « surprise » et elle n'avait aucune idée de ce qu'elle cachait… Son amoureux non plus, d'ailleurs, la surprise ayant été prévue et arrangée par son père et la grand-mère de Myrtille.

Quand Mamou vit les yeux brillants de sa petite-fille, elle sourit, elle aussi. Adam et elle avaient eu l'occasion de parler d'un projet les concernant tous les quatre. Il était temps qu'elle agisse : un mp3 et une grille d'accords avec des paroles étaient arrivés dans les boîtes-mails des adolescents.

Voilà, Myrtille et Austin, ma petite-fille et mon filleul,

Adam et moi voulions vous faire un cadeau spécial. Vous trouverez ci-joints deux fichiers. Myrtille, je te demande d'écouter le mp3 et de travailler les paroles. Austin, à toi le mp3 et la grille d'accords...

N'hésitez pas à demander de l'aide : Austin à Bee ou à ton nouveau prof, Myrtille à... moi.

Et tâchez d'être prêts pour avril parce que c'est là que tout se jouera (et se chantera) !

Nous vous faisons confiance. Bon amusement. Avec tout notre amour.

Mamou

10. De nouveaux projets

— Mais Mamou… Je viens de lire ton mail…

— Oui, répondit l'aïeule. Et ? Tu es surprise ?

— Je me demande ce qu'il en est…

— Comment, ça ? Tu as écouté le mp3 ?

— Oui… C'est joli, cette chanson. C'est un peu… « à l'eau de rose », non ?

— C'est amusant : le papa d'Austin disait pareil, il y a un moment…

— … parce qu'il l'avait déjà entendue ? Mais oui, que je suis bête : c'est lui qui a enregistré la chanson, c'est ça ?

— Pas du tout !

— Ah… Explique-moi, alors, parce que là, je suis complètement larguée…

— Tu as reconnu la voix ?

— On dirait celle de maman mais ce serait étonnant qu'elle chante ce genre de choses. Alors, c'est qui ? C'est… toi ?

— Tout juste…

Myrtille regardait les yeux rieurs de sa grand-mère.

— C'est Papou qui t'a enregistrée, alors ?

— Non, déclara l'aïeule. C'est… moi.

— Toi ?

— Mais oui, tu vois le petit matériel avec lequel tu t'amuses : la table de mixage et le micro ?

— Et le pupitre et…

— Oui, c'est ça. Eh bien, avant, c'était à moi, tout ça. Je m'amusais à « immortaliser mes chefs-d'œuvre »…

Mamou fit un clin d'œil à sa petite-fille. Myrtille savait certaines choses, mais pas que sa grand-mère composait vraiment. Elle pensait juste qu'il s'agissait de reprises qu'elle faisait de chansons qu'elle aimait.

— Et à présent, on fait quoi avec les fichiers ? Tu m'expliques ?

— On a pensé, le papa d'Austin et moi, que ce serait chouette de remettre un peu ces vieilleries au goût du jour...

— Avec une guitare et une batterie et tout et tout ?

— Et un piano, surtout !

Cela, la jeune fille aurait adoré. Une part de sa grand-mère et puis et aussi, le travail du papa d'Austin par-dessus.

— Et c'est toi qui vas m'accompagner au piano ?

— Absolument pas. C'est à Austin qu'on a aussi envoyé le mail, il me semble, non ?

— Donc, c'est lui qui... ?

— Voilà ! Que penses-tu de notre surprise ?

— Que je vous adore ! s'exclama Myrtille, et que je n'ai jamais reçu un cadeau aussi parfait.

— Donc, je confirme à Adam que tu feras un petit passage par le studio où il bosse ?

L'adolescente souriait toujours. Elle n'avait aucune idée de la manière dont les choses seraient arrangées mais elle était certaine que ce serait formidable. Elle n'avait pas de mots pour exprimer son contentement.

Comme le mail en parlait, elle demanda à Mamou si celle-ci allait l'aider pour la fameuse chanson.

— Oh, mais je vais faire mieux que cela, répondit sa grand-mère. Ce n'est pas uniquement moi qui vais le faire.

— Ah non ?

— J'ai une autre surprise pour toi. Je n'en ai parlé qu'à Elisabeth et Papou. Quand ta maman avait ton âge, elle faisait partie d'un chœur semi-pro. Elle a dû t'en parler. Elle connait des « gens du milieu », comme on dit. Et notamment un coach vocal. Alors, ton grand-père et moi, on lui a demandé de prendre contact avec lui et de fixer un rendez-vous pour que tu puisses bosser avec lui...

— Mais non ?

Myrtille en était... soufflée. Quelle conspiration, tout de même. Elle n'en revenait pas : tous ces secrets bien gardés, tous ces arrangements, tout cela derrière son dos. Ils avaient fait fort, tous !

— Et Austin, il est au courant ?

— Non, pas plus que ce qu'il a lu, sauf s'il a été aussi curieux que toi, et que son papa lui a lâché le morceau...

— Ça, ça m'étonnerait fort. Il ne parle pas beaucoup, Adam. On ne sait jamais vraiment ce qu'il pense. On dirait parfois qu'il est ailleurs, sur une autre planète. Mais ça, tu l'as remarqué aussi, non ?

— Oui... Je ne le connais que comme ça. Sauf quand... il est devant ses machines et ses boutons pour le son ou quand il joue du sax...

— Heureusement qu'Austin est différent, parce que je ne pourrais pas supporter quelqu'un qui est aussi silencieux que son papa...

Oh, si, pensa Mamou, *tu pourrais supporter cela d'un homme dont tu es amoureuse : on est du même bois, toi, ma Myrtille, et moi...*

— Et c'est pour quand ?

— Pour avant les vacances de Pâques, forcément...

— Oh, Mamou, je vous aime trop, tous.

Mamou regardait Myrtille avec envie. Comme elle aurait aimé être aimée autant que sa petite-fille. Oui, elle connaissait l'attachement et la tendresse que Papou lui offrait. Mais ce grand amour qu'était Adam, elle n'avait jamais pu s'en délivrer. À présent, elle n'essayait plus de se le sortir de la tête. Il faisait partie d'elle, de sa vie passée mais aussi de ces espoirs qu'elle projetait sur Marine et son amoureux.

Épilogue : Mon cher Adam

Mon cher Adam,

Quel plaisir que ces quelques jours entourés des tiens et des miens. La « grande maison » aura vraiment été à nouveau le témoin de cette bonne entente entre les B. et les T. Je m'en réjouis et j'espère qu'il en est de même pour toi...

Le plaisir, c'était aussi voir ton fils s'épanouir de cette manière face à la musique. Je ne t'apprends sans doute rien en te confiant combien j'ai apprécié nos moments de répétition de ce Menuet de Debussy. Il est pas mal doué, tu sais. Il a une véritable intelligence musicale, une sensibilité remarquable. Je suis d'ailleurs un peu étonnée que tu n'aies pas encore eu des félicitations de son professeur à Londres... N'aurait-elle rien remarqué ? Ou alors, est-elle avare de compliments, en imaginant qu'il vaut mieux ne pas trop encenser ton fils de peur qu'il attrape la grosse tête ? Je ne lui ai rien dit à ce sujet et n'en ai pas parlé à Myrtille non plus : pas envie qu'elle vende la mèche concernant le talent de son amoureux au principal intéressé !

Et sinon, encore tous mes mercis pour ces souvenirs que tu as ranimés. Tu fais partie de ma vie, au même titre que T., et tu le sais. Cette... flamme... envahit, détruit, embrase... Ou plutôt, brille de mille feux. Oui, elle a détruit pas mal mais maintenant, elle rassemble, épanouit et rend plus grand et meilleur.

Je ne ferai pas de commentaires sur ce bref, trop bref moment dans la cuisine de la « grande maison ». Cette complicité, ce bonheur d'être dans un soupçon d'alchimie avec toi. C'était magique. Je sais que c'était accidentel mais ça n'en a que plus de valeur encore...

Je te remercie à nouveau pour l'accueil que tu vas faire à Myrtille à Londres. Je sais combien cela compte pour elle (et pour Austin aussi, bien sûr). Je te la confie pour les vacances prochaines.

Quelques séances avec Nicolas, tu sais, ce coach vocal qu'Elisabeth connait... Et elle sera fin prête pour l'enregistrement en studio que tu as proposé.

Prends soin de toi.

Tendrement.

B.

Chère B.,

À nouveau, merci pour votre accueil, à T. et toi. Vous êtes des amis précieux pour notre famille.

Austin est, en effet, sur une belle route musicale. Je te le répète : je ne savais pas que tu étais une aussi bonne enseignante. Sans doute est-ce toujours la passion qui t'anime. Et quand il s'agit de passion te concernant, nous savons tous deux ce que tu es capable de mettre en œuvre...

Nous recevrons Myrtille avec plaisir. Je suis presque certain que c'est (un peu) grâce à elle que notre fils s'est décidé à s'engager dans cette voie.

Non, je n'hésiterai pas à contacter son prof. Elle devrait être honnête avec Mary et moi au sujet du talent d'Austin... D'un autre côté, elle ne le trouve peut-être pas aussi génial que toi, hum hum !

Tenons-nous au courant concernant le séjour de Myrtille à Londres. J'enverrai d'ici peu un mail à Alexandre pour lui parler des dates d'arrivée et de retour, histoire qu'il puisse réserver l'Eurostar. Mais peut-être Elisabeth et lui auront-ils envie de faire autrement... Je m'occupe de ça.

Quant à toi, je te remercie encore pour tout. Je t'embrasse affectueusement et te dis à très vite.

Adam

À suivre...

Vous avez aimé votre lecture ?
Découvrez les autres romans des éditions So Romance
disponibles en format papier et numérique.

Chardon bleu
Tome 2 : Montre-moi tes enfers
Dix jours sont passés, Éliza quitte à présent la demeure d'Alex pour s'installer directement dans la chambre du absolute master. Alors qu'un mois lui paraissait interminable, Éliza redoute qu'il prenne fin. Comment retourner à sa vie si paisible, si morne après avoir goûté au danger ? Les derniers jours passent alors à une vitesse folle. Au contact de Silver, la douce et naïve Éliza apprend à dominer ses craintes et à apprivoiser son mystérieux amant. Tout n'est pourtant pas si rose au refuge. Tiraillée entre aider son amie ou trahir celui qui la fait renaître, Éliza va devoir faire un choix.

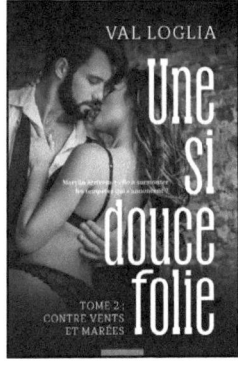

Une si douce folie
Tome 2 : Contre vents et marées
Quelques mois après avoir rencontré Adam, un charismatique avocat, Marylin tente de concilier son rôle de mère avec cette nouvelle passion exaltante. Mais une lettre anonyme la menaçant des pires représailles si elle ne quitte pas son amant vient compromettre ce fragile équilibre. Persuadée que ces menaces proviennent de l'ex-femme d'Adam, Marylin confronte ce dernier, qui refuse de la croire.
Et tandis que sa nouvelle relation rencontre ses premiers soubresauts, l'étau se resserre autour de Marylin…

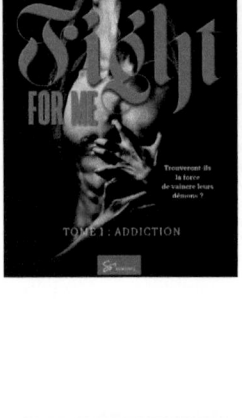

Fight for me
Tome 1 : Addiction

Alors qu'elle était une adolescente mal dans sa peau, Angie a traversé une période difficile et a commencé à s'auto-mutiler. Sa mère, inquiète pour sa fille et des qu'en dira-t-on, a estimé qu'il était préférable qu'elle parte quelque temps chez sa tante, en Californie. À son retour, six ans plus tard, Angie est métamorphosée et pense être en mesure d'affronter les démons qui l'avaient fait succomber. Mais lorsqu'elle recroise Luca, son ami d'enfance, sa volonté flanche. Car le jeune homme représente à ses yeux bien plus qu'un premier amour. Il est aussi le responsable de son départ.

À trois, je vous aime
Tome 1 : Prélude

Léandre et Valentyn sont deux amis d'enfance, deux frères de cœur liés par un pacte qui les empêche de tomber amoureux de la même femme. Tant mieux, tomber amoureux ne fait pas partie de leurs projets. Lilie, petite tornade brune, vient s'installer pour travailler sur son nouveau roman, chez les deux hommes à Londres. Elle va bouleverser leur vie, leurs sentiments et leur amitié… entre désir, fraternité et jalousie, les trois amis n'en sortiront pas indemnes.
Foutu pacte.

Pour en savoir plus
www.soromance.com

Éditions So Romance
10/8, rue Jules Cockx
1160, Bruxelles
www.soromance.com

ISBN : 9782390452577
D/2021/14.771/20

Maquette de couverture : Philippe Dieu
Photo : ©FrimuFilms / Shutterstock